HEYNE BÜCHER

SCIENCE FICTION

Vom gleichen Autor erschien außerdem
als Heyne-Taschenbuch

Straße der Verdammnis · Band 3310

ROGER ZELAZNY

DIE INSEL DER TOTEN

Science Fiction-Roman

Deutsche Erstveröffentlichung

WILHELM HEYNE VERLAG
MÜNCHEN

HEYNE-BUCH Nr. 3366
im Wilhelm Heyne Verlag, München

Titel der amerikanischen Originalausgabe
ISLE OF THE DEAD
Deutsche Übersetzung von Birgit Reß-Bohusch

Redaktion und Lektorat: Günter M. Schelwokat

Printed in Belgium 1973
Umschlagzeichnung: C. A. M. Thole
Umschlaggestaltung: Atelier Heinrichs, München
Gesamtherstellung: Gérard & Cie, Verviers

ISBN 3-453-30243-5

1

Das Leben — wenn Sie einen Tupfer Philosophie gestatten, bevor Sie das ganze Bild kennen — das Leben hat für meine Begriffe viel mit dem Strand rund um die Tokio-Bucht gemeinsam.

Nun, es ist Jahrhunderte her, seit ich die Bucht und den Strand dort zum letztenmal gesehen habe, deshalb gilt der Vergleich vielleicht nicht mehr ganz. Aber es heißt, daß sie sich, die Kondome ausgenommen, kaum verändert hat.

Ich erinnere mich an eine riesige verdreckte Wasserfläche, heller und vielleicht etwas sauberer weiter draußen, aber eine stinkige, kalte Brühe in Ufernähe, der Zeit ähnlich, wenn sie Dinge zerfrißt, sie kurz anschwemmt und wieder fortträgt. Die Tokio-Bucht wäscht irgendwann alles an Land. Was immer es sein mag, eines Tages speit sie es aus: einen Toten; eine Muschel, alabasterweiß, rosa oder kürbisgelb, mit einer Linkswendel, die sich hinaufschraubt zu einem Phallus, aufrecht und unschuldig; eine Flasche mit oder ohne Botschaft, die man zu entziffern vermag oder nicht; einen menschlichen Fötus; ein vollkommen glattes Stück Holz mit einem Nagelloch darin — vielleicht ein Teil des wahren Kreuzes, ich weiß es nicht; weiße Kiesel und dunkle Kiesel, Fische, leere Boote, meterweise Kabel, Korallen und Seetang. Einfach so. Bleiben die Dinge liegen, so holt die Bucht sie sich nach einer Weile wieder zurück. Das ist der Lauf. Ach ja — und damals trat man überall auf Kondome, schlaffe, durchsichtige Zeugnisse des Instinkts, die Rasse fortzupflanzen, aber nicht in dieser Nacht, und manche waren mit frechen Bildern oder Schriften bedruckt, und manche hatten eine Feder am Ende. Soviel ich weiß, sind sie jetzt praktisch verschwunden, wie der Ford Edsel, die Wasseruhr und der Stiefelknöpfer, in die Mottenkiste verbannt durch die Pille, die obendrein den Busen größer macht — wer wollte sich also beschweren? Manchmal, an sonnendurchtränkten Vormittagen, wenn ich über den Strand schlenderte und die kühle Brise genoß — ich erholte mich von einem kleinen, säuberlich abgegrenzten Asienkrieg, dem ich eine Verwundung und den Tod meines kleinen Bruders zu verdanken hatte — manchmal hörte ich das Kreischen von Vögeln, wenn gar keine

Vögel zu sehen waren. Das bringt den Hauch von Mysterium, der meinem Vergleich noch fehlte: Das Leben hat viel mit dem Strand rund um die Tokio-Bucht gemeinsam. Alles geht. Unablässig werden merkwürdige, ungewöhnliche Dinge an Land gespült. Eins davon bin ich, ein anderes sind Sie. Wir verbringen eine Weile am Strand, vielleicht Seite an Seite, und dann durchkämmt ihn die stinkende kalte Brühe mit den feuchten, zitternden Fingern einer Greisenhand, und einige der Dinge fehlen. Die geheimnisvollen Vogelschreie sind die Fragen, die offenbleiben. Die Stimmen der Götter? Vielleicht. Aber machen wir den Vergleich vollständig, bevor wir uns einem anderen Thema zuwenden: Es ist möglich, daß jemand kommt und etwas fortträgt, das er am Strand gefunden hat. Und manchmal, glaube ich, werden Dinge, die sich die Flut zurückgeholt hat, durch eine launische Strömung noch einmal an Land geworfen. Ich hatte es nie mit eigenen Augen gesehen, aber vielleicht wartete ich einfach nicht lange genug. Als ich dann erfuhr, daß es so etwas tatsächlich gab, wissen Sie, was ich da tat? Ich kotzte. Ich hatte mich drei Tage vollaufen lassen und dazu den Rauch einer exotischen Pflanze inhaliert. Als nächstes warf ich kurzerhand meine Gäste hinaus. Ein Schock ist wunderbar ernüchternd. Daß es das gab — ich meine, daß jemand etwas vom Strand aufhob und wegtrug — wußte ich bereits, aber mit dem anderen hatte ich nie und nimmer gerechnet. Ich nahm eine Pille, die mich in spätestens drei Stunden wieder auf den Damm bringen würde, begab mich in die Sauna und streckte mich anschließend auf meinem Bett aus, während Roboter und Diener die Spuren des Festes beseitigten. Dann begann ich am ganzen Körper zu zittern. Ich hatte Angst.

Ich bin ein Feigling.

Nun, es gibt viele Dinge, die mir Angst einjagen, und sie gehören alle zu der Sorte, die sich kaum oder überhaupt nicht steuern lassen, wie der Große Baum.

Ich stützte mich auf einen Ellbogen, nahm das Päckchen vom Nachttisch und betrachtete noch einmal seinen Inhalt.

Eine Verwechslung? Nein. Dagegen sprach die Tatsache, daß es an mich adressiert war.

Ich hatte es per Eilpost erhalten, achtlos in die Tasche gesteckt und erst nach einiger Zeit geöffnet.

Dann sah ich, daß es das sechste seiner Art war. Mir wurde schlecht, und ich brach das Fest ab.

Es war ein Tridi-Bild von Kathy, ganz in Weiß, und der Stempel auf der Rückseite trug das Datum vom vorigen Monat.

Kathy war meine erste Frau gewesen, vielleicht die einzige Frau, die ich richtig geliebt hatte, und sie ist seit mehr als fünfhundert Jahren tot. Auf diesen letzten Teil des Satzes komme ich später noch zu sprechen.

Ich betrachtete das Ding genau. Es war die sechste Aufnahme, die man mir im Laufe von ebensovielen Monaten geschickt hatte. Aufnahmen von Leuten, die ich kannte und die alle seit einer Ewigkeit tot waren.

Im Hintergrund Felsen und blauer Himmel, mehr nicht.

Man konnte so etwas überall aufnehmen, wo es Felsen und blauen Himmel gab. Vielleicht war es auch eine Fälschung. Geschickte Leute bringen es heutzutage fertig, nahezu alles zu fälschen

Aber wer wußte soviel über mich, daß er mir die Dinger schickte? Und warum? Es war kein Vermerk dabei, nur dieses Bild, genau wie bei den anderen — meinen Freunden, meinen Feinden.

Und das Ganze rief mir den Strand rund um die Tokio-Bucht in Erinnerung, vielleicht auch das Buch der Offenbarung.

Ich deckte mich zu und lag im künstlichen Dämmerlicht, das ich mitten am Tage eingeschaltet hatte. Ich hatte mich all die Jahre wohl gefühlt, so wohl. Aber nun war etwas aufgebrochen, das ich für längst verschorft, vernarbt, verheilt gehalten hatte, und es blutete.

Wenn nur die geringste Möglichkeit bestand, daß die Aufnahme in meiner zitternder Hand echt war . . .

Ich legte sie beiseite. Nach einiger Zeit nickte ich ein, und ich weiß nicht mehr, was alles aus den Schreckenskammern des Schlafes kroch, um mir den Schweiß aus den Poren zu treiben. Es bleibt wohl besser vergessen.

Als ich aufwachte, duschte ich, zog frische Sachen an, aß eine Kleinigkeit und nahm eine Kanne voll Kaffee mit in mein Studierzimmer. Früher nannte ich es Arbeitszimmer, aber seit etwa fünfunddreißig Jahren habe ich diese Gewohnheit aufgegeben. Ich ging die bereits ausgesiebte und vorsortierte Post des vergangenen Monats durch. Das, was ich suchte, lag unter Bettelbriefen von Wohltätigkeitsvereinen, Bombendrohungen, Vorlesungseinladungen, einem Beteiligungsangebot, das ich früher sofort akzeptiert hätte, einem Wust von Zeitschriften, dem Brief eines obskuren angeheirateten Verwandten, der sich bei mir einlud, drei Schreiben von Künstlern, die einen Gönner suchten, einunddreißig Benachrichtigungen, daß ein Rechtsverfahren gegen mich eingeleitet sei, und Notizen von meinen diversen Anwälten, die mir mitteilten, daß sie einunddreißig Verfahren gegen mich unterdrückt hätten.

Die ersten wichtigen Zeilen hatte mir Marling von Megapei geschrieben. Sie lauteten in etwa:

»Erdensohn, ich sende die Grüße von den siebenundzwanzig Namensträgern, die übrigblieben, und bete, daß du inzwischen noch viele Juwelen ins Dunkel geschleudert hast, wo sie in den Farben des Lebens glühen.

Leider läuft die Zeit für den alten, dunkelgrünen Leib, den ich so lange mein eigen nennen durfte, zu Beginn des nächsten Jahres ab. Meine schwachen gelben Augen sehnen sich nach dem Anblick des Sohnes aus der Fremde. Und so bitte ich ihn, sich vor Ende der fünften Jahreszeit bei mir einzufinden, denn alle Sorgen werden dann mit mir sein, und eine Hand auf meiner Schulter würde die Bürde erleichtern.«

Das zweite Schreiben stammte von der Gesellschaft für Tiefbohrungen und Förderwesen. Es war allgemein bekannt, daß sich unter diesem Decknamen der terranische Geheimdienst verbarg. Man fragte an, ob ich nicht eine gebrauchte, aber noch sehr gute Förderanlage erwerben wolle, deren Rücktransport von einer Außenstation sich für die augenblicklichen Besitzer nicht lohne.

Ich hatte den Kode vor Jahren gelernt, als ich einen Auftrag für die terranische Regierung durchführte. Aufgeschlüsselt lautete die Botschaft kurz und bündig:

»Was ist los mit Ihnen? Keine Loyalität mehr gegenüber dem Heimatplaneten? Wir fordern Sie nun seit nahezu zwanzig Jahren auf, der Erde einen Besuch abzustatten. Es handelt sich um ein Sicherheitsproblem von weitreichender Bedeutung. Bisher haben Sie unsere Bitten leider beharrlich ignoriert. Da wir jedoch in dieser Sache auf Ihre Mitarbeit angewiesen sind, ersuchen wir Sie noch einmal dringend um Ihr Kommen. Mit vorzüglicher Hochachtung, etc.«

Die dritte Nachricht war in Normalenglisch gehalten:

»Fasse diesen Brief bitte nicht so auf, als wollte ich auf etwas pochen, das längst vorbei ist. Aber ich befinde mich in ernsthaften Schwierigkeiten, und ich glaube, daß du der einzige Mensch bist, der mir in diesem Fall helfen kann. Wäre es dir möglich, mich irgendwann in der nächsten Zeit auf Aldebaran-5 zu besuchen? Die Adresse stimmt noch, auch wenn sich das Haus ein wenig verändert hat. Deine Ruth.«

Drei Appelle an Francis Sandows Menschlichkeit. Welcher, wenn überhaupt einer, hatte mit dem Bild in meiner Tasche zu tun?

Die Orgie, die ich so plötzlich abgebrochen hatte, war eine Art Abschiedsparty gewesen. Als sie anfing, hatte ich mein Ziel genau gekannt. Nun jedoch, nachdem ich Kathys Foto erhalten latte, zögerte ich.

Alle drei Absender wußten von Kathy. Ruth hätte früher einmal Gelegenheit gehabt, ein Bild von Kathy an sich zu bringen — als Arbeitsgrundlage für einen geschickten Fälscher. Marling besaß das Talent, solche Dinge aus dem Nichts zu schaffen. Und der Geheimdienst hatte genug alte Dokumente, um in seinen Labors etwas zurechtzubasteln. Oder es hatte keiner von ihnen mit der Sache zu tun. Wenn jemand von mir etwas wollte, war es jedoch merkwürdig, daß er sich nicht genauer ausdrückte.

Marlings Bitte war mir heilig. Wenn ich sie nicht erfüllte, würde ich mir für den Rest meines Lebens die schlimmsten Vorwürfe machen. Ich hatte auch geplant, ihn zuallererst aufzusuchen, aber nun ... Die fünfte Jahreszeit auf der Nordhalbkugel von Megapei war noch ein gutes Stück entfernt. Ich konnte inzwischen ein paar andere Pflichten erledigen.

Aber welche?

Der Geheimdienst hatte keinen echten Anspruch auf meine Hilfe, da ich unabhängig von der terranischen Regierung war. Nun besaß ich durchaus den Willen, die Leute zu unterstützen, aber so schrecklich wichtig konnte die Sache nicht sein, wenn man mich nun seit zwanzig Jahren damit plagte. Die Erde existierte noch, und wenn meine Informationen stimmten, dann lief alles so normal und dürftig wie eh und je. Außerdem hätten *sie* mich aufsuchen können, wenn sie mich wirklich so notwendig brauchten, wie sie es in all ihren Briefen beteuerten.

Ruth dagegen ...

Mit Ruth war es etwas anderes. Wir hatten fast ein Jahr zusammengelebt, bis wir dahinterkamen, daß wir uns gegenseitig zerfleischten und es so nicht weitergehen konnte. Wir trennten uns gütlich und blieben Freunde. Sie bedeutete mir etwas. Es überraschte mich, daß sie nach all den Jahren noch am Leben war. Doch wenn sie meine Hilfe brauchte, stand ich ihr zu Verfügung.

Damit war die Sache entschieden. Ich würde Ruth so rasch wie möglich aufsuchen und ihr aus der Klemme helfen, in der sie steckte. Danach kam Marling an die Reihe. Und vielleicht erhielt ich unterwegs irgendwo einen Hinweis, von wem, warum und wie ich die Fotos erhalten hatte. Wenn nicht, konnte ich immer noch der Erde einen Besuch abstatten und beim Geheimdienst vorsprechen – nach dem alten Grundsatz, daß ein Gefallen den anderen wert war.

Ich rauchte und trank meinen Kaffee. Dann, zum erstenmal seit fünf Jahren, rief ich im Hafen an und befahl den Leuten, Modell *T* herzurichten, meinen wendigen kleinen Weltenflitzer. Die Arbeit nahm sicher den restlichen Tag und einen Teil der Nacht in Anspruch. Ich rechnete damit, daß ich vor Sonnenaufgang starten konnte.

Dann fragte ich meinen Archiv- und Sekretariatscomputer, wer die *T* im Moment besaß. A & S verriet mir, daß es sich um einen gewissen Lawrence J. Conner von Lochear handelte – ›J‹ für John. Ich bestellte die nötigen Ausweispapiere, und fünfzehn Sekunden später landeten sie in meinem schaumstoffgepolsterten Eingangskorb. Nachdem ich Conners Beschreibung studiert hatte, ließ ich meinen Friseur auf Rollen kommen. Er färbte meine Haare blond, hellte meine Haut auf und versah mich mit einer Handvoll Sommersprossen. Ich nahm noch dunklere Haftschalen und veränderte meine Fingerabdrücke, und Conner war fertig.

Ich besitze eine ganze Liste nichtexistenter Personen mit lückenlosem Lebenslauf, welche die *T* im Laufe der Jahre voneinander gekauft haben oder das in Zukunft noch tun werden. Sie sind alle eins achtzig groß und wiegen gute fünfundsiebzig Kilo – Menschen, in die ich mich mit Hilfe von Kosmetika verwandeln kann, wenn ich mir ihre Lebensgeschichte merke. Wenn ich verreise, tue ich es nämlich nicht gern als Francis Sandow von Freiland oder Sandowswelt, wie einige meinen Planeten nennen. Ich habe mich zwar mit meinem Los abgefunden, aber es ist doch von Nachteil, wenn man zu den hundert reichsten Männern der Galaxis zählt. (Nach meinen letzten Kontoauszügen bin ich der siebenundachtzigste, aber auf einen Platz weiter oben oder unten soll es nicht ankommen.) Irgend jemand will immer mein Geld oder mein Leben, und ich trenne mich von dem einen ebenso ungern wie von dem anderen. Ich bin träge und sehr schreckhaft und hänge an dem, was ich habe. Wenn ich auch nur eine Spur von Ehrgeiz besäße, würde ich versuchen, den sechsundachtzigsten oder fünfundachtzigsten Platz zu erreichen. Aber es ist mir egal. Es war mir immer egal, außer vielleicht ganz am Anfang. Alles, was über die erste Milliarde geht, wird metaphysisch. Früher dachte ich oft darüber nach, daß ich mit meinem Geld wahrscheinlich eine Menge häßlicher Dinge finanzierte, ohne es zu wissen. Dann jedoch entwickelte ich meine Philosophie vom Großen Baum und konnte fortan ruhig schlafen.

Es gibt einen Großen Baum, so alt wie die Menschheit selbst, denn er verkörpert sie. Seine Blätter sind das Geld, das die Menschheit besitzt. Auf den Blättern stehen Namen. Einige fallen ab, und neue sprießen, so daß nach einigen Sommern alle Namen ausgetauscht sind. Aber der Baum verändert sich kaum. Er wird größer, ja, aber er erfüllt die gleichen Lebensfunktionen wie zuvor. Einmal machte ich eine Zeit durch, da wollte ich alle schlechten Stellen, die ich an dem Baum fand, ausschneiden. Aber sobald ich einen Schwamm vernichtet hatte, entdeckte ich sofort den nächsten, und irgendwann mußte ich schließlich schlafen. Herrgott, heutzutage kann man sein Geld nicht einmal mehr richtig verschenken; und der Baum ist zu groß, als daß man ihn wie eine japanische Zwergpflanze zurechtbiegen und nach seinem Willen ziehen könnte. Also lasse ich ihn jetzt fröhlich weiterwuchern, mit meinem Namen auf all den Blättern, einige davon welk und dürr, andere im ersten Grün. Und es macht mir Spaß, in den Zweigen umherzuklettern und einen Namen zu tragen, der nirgends um mich geschrieben steht. Soviel zu mir und dem Großen Baum. Wie ich zu all dem üppigen Laub kam, ist eine Geschichte für sich; vielleicht fällt mir bei Gelegenheit auch dazu ein passendes Gleichnis ein.

Ich begann A & S einzuschärfen, was meine Mitarbeiter tun und nicht tun durften, während ich verreist war. Nach vielen Playbacks und einer gehörigen Portion Gehirnakrobatik hatte ich alles beisammen. Ich überflog noch einmal mein Testament. Es mußte nichts geändert werden. Bestimmte Dokumente wanderten in Verbrennungsboxen, die aktiviert werden sollten, wenn dieses oder jenes geschah. Mein Vertreter auf Aldebaran-5 erhielt Nachricht, daß möglicherweise ein gewisser Lawrence J. Conner bei ihm auftauchen würde. Ich empfahl ihm, den Mann mit größter Zuvorkommenheit zu behandeln. Für den Fall, daß ich mein Inkognito lüften mußte, lag an sicherer Stelle ein Erkennungscode bereit. Dann stellte ich fest, daß nahezu vier Stunden verstrichen waren und mein Magen knurrte.

»Wieviel Zeit ist noch bis zum Sonnenuntergang, auf Minuten abgerundet?« fragte ich A & S.

»Dreiundvierzig Minuten«, erwiderte die sachliche Stimme durch den verborgenen Lautsprecher.

»Ich habe die Absicht, in genau dreiunddreißig Minuten auf der Ost-Terrasse zu speisen«, erklärte ich nach einem Blick auf meine Uhr. »Hummer, Gemüse, ein Körbchen mit gemischtem Brot, eine halbe Flasche unseres eigenen Champagners, eine Kanne Kaffee, ein Zitronen-Sorbett, den ältesten Kognac, den wir im Keller haben, und zwei Zigarren. Es würde mich freuen, wenn mir Martin Bremen persönlich die Ehre erwiese.«

»In Ordnung«, sagte A & S. »Kein Salat?«

»Kein Salat.«

Danach schlenderte ich zurück in meine Suite, warf ein paar Sachen in einen Koffer und begann mich umzuziehen. Ich stellte die Schlafzimmerverbindung zu A & S her und gab mit einem flauen Gefühl in der Magengegend den Befehl, den ich bis zuletzt hinausgeschoben hatte:

»Ruf Lisa in —« ich warf einen Blick auf meine Uhr — »genau zwei Stunden elf Minuten an und richte ihr aus, daß ich sie zu einem Drink auf der West-Terrasse erwarte. Stelle ihr zwei Schecks auf je fünfzigtausend Dollar aus, dazu ein erstklassiges Zeugnis.«

»Jawohl«, kam die Antwort, und während ich meine Manschettenknöpfe befestigte, schlitterten drei unverschlossene Kuverts auf meine Frisierkommode.

Ich überprüfte ihren Inhalt, schob sie in die Innentasche meines Abendblazers und betrat den Korridor, der zur Ost-Terrasse führte.

Ein schmaler Wolkenfetzen belagerte die Sonne, die riesig und bernsteingolden im Westen stand, aber nach kurzer Zeit gab er auf und schwamm weiter zu seinen Brüdern; sie verfärbten sich gelb, rosa und purpurn, als die Sonne unaufhaltsam in den blauen Fjord zwischen Urim und Thumim sank. Regenbogenlicht floß über die Flanken der dunstigen Berge.

Ich setzte mich an den Tisch unter der Ulme. Automatisch schaltete sich ein Energieprojektor ein, als mein Gewicht auf den Stuhl drückte. Er sorgte dafür, daß ich nicht von Blättern, Insekten, Vogelkot und Staub belästigt wurde. Ein paar Sekunden später tauchte Martin Bremen auf. Er schob einen Servierwagen.

»Guten Abend, Sirr.«

»Guten Abend, Martin. Wie geht es?«

»Ausgezeichnet, Sirr. Und Ihnen?«

»Ich verreise.«

»Ah?«

Er deckte den Tisch und begann zu servieren.

»Ja«, sagte ich, »vielleicht für längere Zeit.«

Er reichte mir einen Schluck Champagner. Ich kostete und nickte zustimmend.

»Und bevor ich aufbreche, wollte ich dir etwas sagen, das du vermutlich längst weißt: Du bist der beste Koch, den ich je hatte...«

»Danke, Mister Sandow. «Sein ohnehin rötlicher Hautton vertiefte sich um eine Spur, und er hob die Mundwinkel an, bis die Lippen eine gerade Linie bildeten. Mit gesenktem Blick fuhr er fort: »Es macht Spaß, fürr Sie zu arrbeiten, Sirr.«

»... deshalb schlage ich vor, daß du ein Jahr vollbezahlten Urlaub nimmst. Ich gebe dir zusätzlich einen Scheck, damit du alle Rezepte kaufen kannst, die du ausprobieren möchtest. Falls du einverstanden bist, rufe ich die Buchhaltung an und regle die Angelegenheit noch vor meiner Abreise.«

»Wann verrlassen Sie Frreiland, Sirr?«

»Morgen in aller Frühe.«

»Ich verrstehe, Sirr. Nun, das Angebot klingt verrlockend...«

»Und vergiß nicht, auch für dich ein paar hübsche Rezepte zu sammeln!«

»Ich werrde ein Augen offenhalten, Sirr.«

»Es muß ein merkwürdiges Gefühl sein, Speisen zu bereiten, die man nicht selbst ausprobieren kann.«

»O nein, Sirr«, widersprach er. »Meine Vorrkosterr sind absolut zuverrlässig, und wenn ich mirr auch manchmal überrlege, wie das eine oderr anderre Gerricht schmecken mag, so verrgleiche ich mich doch eherr mit einem Chemikerr, derr auch nicht den Wunsch hat, alle seine Experrimente zu prrobierren — wenn Sie wissen, was ich meine, Sirr.«

Er hielt den Brotkorb in einer, die Kaffeekanne in der zweiten und das Gemüse in der dritten Hand. Mit der vierten schob er den Servierwagen. Er war Rigelianer, und sein richtiger Name lautete so ähnlich wie Mmmrt'n Brrm'n. Sein Englisch hatte er von einem deutschen Koch gelernt, der ihm auch half, Mmmrt'n Brrm'n in das besser verständliche Martin Bremen umzuformen. Ein rigelianischer

Koch bereitet die köstlichsten Gerichte der Galaxis – für jede Rasse, wenn er ein paar gute Vorkoster zur Verfügung hat. Er geht dabei mit großer Sachlichkeit ans Werk. Ich hatte das Thema von eben schon des öfteren angeschnitten. Martin Bremen wußte, daß ich ihn damit neckte – daß ich ihm das Eingeständnis abringen wollte, menschliche Kost schmecke wie Abfall, Mist oder ähnliches. Aber offensichtlich hatte er eine Art Berufsethos, das es ihm verbot, über solche Dinge zu sprechen. Im Normalfall war seine Antwort auch peinlich formell. Gelegentlich jedoch, wenn er zuviel Zitronen-, Orangen- oder Grapefruitsaft erwischt hatte, ließ er durchblicken, daß es für einen Koch von Rigel eine große Demütigung bedeutete, sich um das leibliche Wohl des *Homo sapiens* zu kümmern. Ich versuche das auszugleichen, so gut ich es vermag, denn ich schätze ihn ebenso wie seine Mahlzeiten, und es ist schwer, einen rigelianischen Koch zu bekommen, ganz gleich, wieviel man ihm bietet.

»Martin«, sagte ich, »falls mir etwas zustoßen sollte – in meinem Testament ist für dich gesorgt.«

»Ich – ich weiß nicht, was ich sagen soll, Sirr.«

»Dann sag nichts«, riet ich ihm. »Außerdem hoffe ich in meinem Egoismus auf eine gesunde Rückkehr.«

Er war einer der wenigen, mit denen ich über solche Dinge reden konnte. Er stand jetzt seit zweiunddreißig Jahren in meinen Diensten und hatte ohnehin Anspruch auf eine nicht zu knappe Rente. Zudem war Kochen seine Leidenschaft, und aus irgendeinem Grund schien er mich zu mögen. Er hatte zwar finanzielle Vorteile, wenn ich auf der Stelle tot umfiel, aber so groß waren sie auch wieder nicht, daß es sich gelohnt hätte, mein Gemüse mit Schmetterlingsgift von Murta zu garnieren.

»Sieh dir den Sonnenuntergang an!« sagte ich und deutete auf den Platz neben mir.

Er betrachtete das Farbenspiel, dann meinte er: »Der Hummer schmeckt nurr ganz frrisch, Sirr!«

»Ja, natürlich. Laß den Kognac und die Zigarren hier! Ich komme schon allein zurecht.«

Er stellte beides auf den Tisch, richtete sich zu seiner vollen Größe von zwei Metern fünfzig auf und verbeugte sich. »Alles Gute für die Rreise, Sirr, und einen angenehmen Abend!«

»Schlaf gut«, sagte ich.

»Danke, Sirr!« Und er glitt in die Dämmerung.

Eine kühle Abendbrise umfächelte mich. Als die Krötigallen in ihren fernen Sumpflöchern eine Bach-Kantate anstimmten, ging mein orangeroter Mond Florida an der gleichen Stelle auf, wo eben die Sonne versunken war. Die Nachtrosen verströmten ihren Duft in den indigoblauen Abend, die Sterne flimmerten am Himmel wie Aluminiumkonfetti, die Tischkerze in ihrem roten Glas zuckte, der Hummer zerfloß wie Butter auf der Zunge, und der Champagner war kalt wie das Herz eines Gletschers. Ich spürte eine gewisse Schwermut und das Verlangen, diesen Augenblick festzuhalten.

Nach dem Essen zündete ich mir eine Zigarre an und füllte den Cognacschwenker randvoll, was ja eine barbarische Sitte sein soll. Um das wiedergutzumachen, prostete ich sämtlichen Gegenständen in meiner Umgebung zu. Danach genehmigte ich mir eine Tasse Kaffee.

Als ich fertig war, schlenderte ich durch das große verwinkelte Bauwerk hinüber zur Bar auf der West-Terrasse. Ich nahm noch ein Glas Cognac und zündete mir die zweite Zigarre an. Dann tauchte *sie* im Torbogen auf. Sobald sie mich sah, nahm sie die Pose einer Reklameschönheit für Parfüm ein.

Lisa trug ein seidenweiches blaues Etwas, das ihren Körper im Licht der Terrasse umschäumte und umfunkelte, dazu helle Handschuhe und ein Brillantenkollier. Sie war aschblond und hatte die blaßrosa Lippen leicht geöffnet.

»Ein Rendezvous im Mondschein«, sagte sie und zauberte ein Lächeln auf ihre Züge. Ich hatte es so eingeteilt, daß in eben diesem Moment Cueball, mein zweiter Mond, strahlend hell im Westen aufging. Ihre Stimme erinnerte mich an eine Platte, bei der die Nadel in einer Passage des mittleren C hängengeblieben ist. Heutzutage gibt es keine Schallplatten mehr und schon gar keine Saphire, die hängenbleiben, aber ich weiß noch genau, wie das damals klang.

»Hallo«, begrüßte ich sie. »Was trinkst du?«

»Scotch mit Soda«, erwiderte sie. »Ein herrlicher Abend.«

Ich sah in ihre blauen Augen und lächelte. »Ja, ein herrlicher Abend.« Der Tischcomputer registrierte ihre Bestellung.

»Du hast dich verändert. Du bist so unbeschwert.«

»Ja.«

»Du führst nichts Gutes im Schilde, hm?«

»Mag sein.« Ich reichte ihr das Glas. »Wie lange bist du jetzt bei mir? Fünf Monate?«

»Etwas länger.«

»Dein Vertrag gilt für ein Jahr.«

»Genau.«

Ich reichte ihr ein Kuvert. »Damit ist er aufgehoben«, sagte ich.

»Was meinst du?« Ihr Lächeln erstarrte, verschwand.

»Immer das, was ich sage.«

»Ich bin also entlassen?«

»Leider«, erklärte ich, »und hier noch einmal die gleiche Summe, um dir zu beweisen, daß es nicht das ist, was du denkst.« Ich gab ihr den zweiten Umschlag.

»Was ist es dann?«

»Ich muß fort, vielleicht für längere Zeit. Es hätte wenig Sinn, dich inzwischen hier verkümmern zu lassen.«

»Ich warte auf dich.«

»Nein.«

»Dann nimm mich mit!«

»Auch wenn es ein gefährliches Unternehmen ist, bei dem du vielleicht den Tod findest?«

Ich hoffte auf ein Ja. Aber nach all den Jahrhunderten glaubte ich, die Menschen zu kennen. Deshalb hatte ich das Zeugnis vorbereitet.

»Diesmal ist alles drin«, fuhr ich fort. »Ein Mann wie ich muß manchmal ein Risiko eingehen.«

»Gibst du mir ein Zeugnis?«

»Ich habe es bereits hier.«

Sie trank einen Schluck. »Gut.«

Ich reichte ihr das dritte Kuvert.

»Haßt du mich?« fragte sie.

»Nein.«

»Warum nicht?«

»Warum?«

»Weil ich schwach bin und an meinem Leben hänge.«

»Wer hängt nicht an seinem Leben, selbst wenn er es wie ich manchmal aufs Spiel setzt?«

»Nur deshalb nehme ich das Zeugnis.«

»Nur deshalb habe ich es vorbereitet.«

»Du glaubst, daß du alles weißt, nicht wahr?«

»Nein.«

»Was machen wir heute nacht?« Sie trank ihr Glas leer.

»Ich weiß nicht alles.«

»Ich würde gern bei dir bleiben.«

»Aber ich habe dich eben erschreckt.«

»Ja.«

»Zu sehr?«

»Zu sehr.«

Ich nippte an meinem Cognac, sog an meiner Zigarre, betrachtete Florida und meinen weißen Mond Cueball.

»Heute nacht«, sagte sie und nahm meine Hand, »wirst du mich bestimmt nicht hassen.«

Sie öffnete keines der Kuverts. Auch sie betrachtete Florida und Cueball.

»Wann brichst du auf?«

»Im Morgengrauen.«

»Himmel, bist du poetisch!«

»Findest du? Ich bin, wie ich bin.«

»Das sagte ich doch.«

»Ich glaube nicht — aber es war schön mit dir.«

Sie stellte ihr leeres Glas ab.

»Es wird kühl hier draußen.«

»Ja.«

»Gehen wir hinein?«

»Gern.«

Ich legte meine Zigarre weg, und wir standen auf. Sie küßte mich. Also legte ich den Arm um ihre schmale, in schimmerndes Blau gehüllte Taille, und wir verließen die Bar.

Vielleicht trägt der Reichtum, den ich im Laufe der Zeit ansammelte, die Schuld daran, daß aus mir so etwas wie ein Paranoiker wurde.

Nein, so einfach ist das nicht.

Das Unbehagen, das ich jedesmal spüre, wenn ich Freiland verlasse, hat kaum etwas mit Paranoia zu tun. Im Gegenteil: Es gibt eine Menge Leute, die scharf darauf sind, mich umzubringen. Deshalb habe ich Freiland als eine Art Schutz- und Trutzplanet angelegt. Nicht einmal eine Armee könnte mich hier besiegen, außer sie käme auf die kostspielige Idee, meine Welt völlig zu vernichten. Und selbst für diesen Fall besitze ich einen Fluchtweg. Ich glaube, er funktioniert, auch wenn ich ihn noch nie erprobt habe.

Der wahre Grund für mein Unbehagen ist wohl die ganz ordinäre Angst vor dem Tod und dem Nichts, die alle Menschen kennen und die bei mir immer stärker wird, obwohl ich einmal ein Licht sah, das ich mir nicht erklären kann ... Vergessen wir das! Es gibt mich und vielleicht noch ein paar Mammutbäume, die im zwanzigsten Jahrhundert auf der Bildfläche erschienen und es fertigbrachten, sich bis zum zweiunddreißigsten zu behaupten. Nun fehlt mir die geduldige Passivität einer Pflanze, und so machte ich die Erfahrung, daß man, je länger man existiert, um so häufiger ans Sterben denkt. Eine Folge davon ist, daß sich der Überlebenskampf — eine Sache, die ich einst rein vom darwinschen Standpunkt als einen Zeitvertreib der niederen Schichten betrachtete — zu einer Hauptbeschäftigung auszuweiten droht. Wir leben heute in einem raffinierteren Dschungel als in den Tagen meiner Jugend. Es gibt fünfzehnhundert bewohnte Welten, jede mit ihren eigenen Methoden, die Menschen umzubringen — Methoden, die rasch exportiert werden, wenn man ohne Schwierigkeiten von einem Planeten zum anderen gelangt. Es gibt siebzehn intelligente Rassen außer uns, vier davon schlauer als wir und sieben oder acht ebenso dumm, alle mit ihren eigenen Methoden, die Menschen umzubringen. Es gibt Massen von Maschinen, ebenso vielfältig und selbstverständlich wie das Automobil zu meiner Zeit, alle mit ihren eigenen Methoden, die Menschen umzubringen. Es gibt neue Krankheiten, neue Waffen und neue Raubtiere, neue Haß-, Gier- und Lustobjekte, alle mit ihren eigenen Methoden, die Menschen umzubringen. Und es gibt viele neue Pläne, an denen man den Tod finden kann. Ich habe eine Menge gesehen, und es gibt in der Galaxis wohl nur sechsundzwanzig Geschöpfe, die mehr vom Überlebungskampf wissen als ich.

Deshalb habe ich Angst, auch wenn im Moment keiner auf mich schießt, so wie damals im zwanzigsten Jahrhundert und ich die Tokio-Bucht entdeckte.

Als ich aus dem Haus ging, war die Morgendämmerung noch nicht heraufgezogen. Ich hatte absichtlich keinen Abschied von meinen Freunden und Bekannten genommen. Das ist so meine Art. Zugegeben, ich winkte einer schattenhaften Gestalt zu, die mir ebenfalls gewinkt hatte, als ich mein Buggy vor dem Verwaltungsgebäude parkte und zur Startrampe hinüberging. Aber schließlich war ich auch nur eine schattenhafte Gestalt. Ich erreichte die *T*, kletterte an Bord, verstaute mein Zeug und überprüfte eine halbe Stunde lang

sämtliche Systeme. Dann ging ich nach draußen, um die Phasenprojektoren zu inspizieren. Ich zündete mir eine Zigarette an.

Im Osten war der Himmel gelb. Von den Bergen im Westen kam schwaches Donnergrollen. Ein paar Wolken standen über mir, und die Sterne klammerten sich immer noch an den verblaßten Mantel der Dunkelheit.

Ich kam zu dem Schluß, daß es diesmal nicht geschehen würde.

Einige Vögel sangen, eine graue Katze tauchte auf und rieb sich an meinen Beinen, dann schlich sie weiter, dem Vogelgesang nach.

Der Wind hatte sich gedreht. Er kam jetzt vom Süden, durch den Wald, der am anderen Ende der Startrampe begann, und trug die morgenfeuchten Gerüche von Leben und Wachstum herbei.

Der Himmel war rosa, als ich den Zigarettenstummel wegwarf und austrat. Der Schimmer erreichte die Berge, und sie schienen zu frösteln. Ein großer blauer Vogel glitt auf mich zu und landete auf meiner Schulter. Ich streichelte sein Gefieder, dann schickte ich ihn fort.

Entschlossen ging ich zum Schiff . . .

Ich stolperte über einen Pflock der Startrampe und umklammerte in letzter Sekunde eine Verstrebung, so daß ich auf den Knien landete. Bevor ich mich aufrichten konnte, war ein kleiner schwarzer Bär bei mir und leckte mein Gesicht ab. Ich kraulte ihn hinter den Ohren und gab ihm einen Klaps, als ich mich endlich erhoben hatte. Er trollte sich in den Wald.

Als ich weitergehen wollte, merkte ich, daß sich mein Ärmel in der Strebe verheddert hatte.

Bis ich mich befreit hatte, saß wieder ein Vogel auf meiner Schulter, und vom Wald her kam ein ganzer Schwarm mit klatschenden Flügelschlägen. Über ihren Schreien hörte ich erneut ein Donnergrollen.

Es geschah doch.

Ich rannte zum Schiff und trat beinahe auf ein grünes Kaninchen, das vor der Schleuse Männchen machte und mich mit seinen kurzsichtigen roten Augen anstarrte. Eine glänzende große Glasschlange wand sich über die Rampe.

Ich vergaß den Kopf einzuziehen, stieß gegen die obere Schleusenkante und taumelte zurück. Ein helles Äffchen hielt mich am Knöchel fest und blinzelte mir zu.

Also streichelte ich es und machte mich geduldig frei. Es war kräftiger, als ich vermutet hatte.

Ich kletterte in die Schleuse, und sie klemmte, als ich sie schließen wollte.

Bis ich den Schaden in Ordnung gebracht hatte, riefen Purpurpapageien meinen Namen, und die Schlange versuchte sich an Bord zu stehlen.

Ich fand eine Zapfstelle und benutzte sie.

»Ist ja schon gut, verdammt nochmal!« rief ich. »Ich muß fort, aber ich komme wieder. Lebt wohl!«

Blitze zuckten, und Donner rollte über den Himmel, und von den Bergen raste ein Sturm herbei.

»Macht die Startrampe frei!« schrie ich und schloß endgültig die Schleuse. Dann ließ ich mich in den Pilotensitz fallen und aktivierte alle Systeme.

Auf dem Bildschirm verfolgte ich mit, wie die Tiere das Landefeld verließen. Nebelfetzen trieben vorbei, und die ersten Regentropfen klatschten auf den Rumpf.

Ich jagte das Schiff durch den Sturm, verließ die Atmosphäre, beschleunigte, bis ich meinen Orbit erreicht hatte und stellte die Kurskoordinaten ein.

So ist es immer, wenn ich von Freiland fortgehe. Deshalb versuche ich mich auch immer heimlich fortzustehlen. Aber es gelingt nie.

Nun, andererseits ist es schön zu wissen, daß man irgendwo geliebt wird.

Zum geeigneten Zeitpunkt verließ ich den Orbit und damit das Freiland-System. Ein paar Stunden lang war mir übel, und meine Hände zitterten. Ich rauchte zu viele Zigaretten und bekam ein kratziges Gefühl im Hals. Daheim auf Freiland hatte ich alle Fäden in der Hand gehalten. Nun jedoch betrat ich noch einmal die große Arena. Einen Moment lang wäre ich am liebsten umgekehrt.

Dann dachte ich an Kathy, Marling und Ruth, an den seit langem toten Zwerg Nick und meinen Bruder Chuck, und ich begann mich zu hassen. Entschlossen setzte ich den Weg zur Phasenüberlagerung fort.

Es kam ganz plötzlich, kurz nach dem Eintritt in die neue Phase. Das Schiff jagte dahin, automatisch gesteuert, als ich zu lachen begann. Ein Gefühl des Leichtsinns überkam mich, ganz wie in den alten Tagen.

Was machte es eigentlich, wenn ich draufging? Wofür lebte ich denn? Waren exquisite Mahlzeiten und teure Kurtisanen so verdammt wichtig? Früher oder später landen wir alle in der Tokio-Bucht, ganz gleich, was geschieht. Ich wußte, daß ich keine Ausnahme war. Besser, es erwischte mich im Kampf für eine halbwegs edle Sache als im Bett.

... Und auch das war der Eintritt in eine neue Phase:

Ich begann eine Litanei zu singen, in einer Sprache, die älter war als die Menschheit. Es geschah zum erstenmal seit vielen Jahren, daß ich mich dazu wieder in der Lage fühlte.

Das Licht in der Kabine schien sich zu verdüstern, obgleich ich sicher wußte, daß es so hell leuchtete wie zuvor. Die Skalen auf der Konsole wichen zurück, die mich aus einem dunklen Wald anstarrten. Meine Stimme gehörte mir nicht mehr. Durch irgendeinen akustischen Trick kam sie von weit, weit weg, und ich folgte ihr.

Der Chor setzte ein. Bald verstummte ich, aber die anderen sangen weiter, hoch und dünn. Ihre Stimmen schwollen an und verklangen wieder, herangetragen und fortgeweht von einem Wind, den ich nicht spürte. Sie umschmeichelten mein Ohr, ohne wirklich zu locken. Ich hörte keine Worte, nur das Auf und Ab des Gesangs. Die Augen waren überall um mich, sie verharrten reglos, und in der Ferne sah ich ein schwaches Leuchten, wie beim Sonnenuntergang an einem leicht bedeckten Tag. Ich wußte, daß ich schlief und träumte und daß ich aufwachen konnte, wenn ich wollte. Ich tat es aber nicht. Ich folgte den Stimmen nach Westen.

Schließlich erreichte ich einen Klippenrand unter einem traumblassen Himmel und konnte nicht weiter. Vor mir erstreckte sich Wasser; Wasser, das mir den Weg abschnitt, hell und schimmernd, umdampft von Nebelschwaden, die sich träge zusammenballten und wieder auflösten. Und draußen, weit weg von der Klippe, auf der ich mit ausgebreiteten Armen stand, türmte sich Felsterrasse auf Felsterrasse, ragten steinerne Pfeiler und nebelverhüllte Zinnen in einen Himmel, den ich nicht sehen konnte – kahl, düster und öde. Von dorther kam der Gesang, und ich spürte eine eisige Hand im Nacken.

Ich sah die Schatten der Toten; sie trieben mit den Nebeln an den dunklen Felsen jener Insel vorbei. Es mußten die Toten sein, denn ich erkannte den Zwerg Nick, der eine unflätige Geste machte; ich erkannte den Telepathen Mike Shandon, der beinahe ein Imperium zerstört hätte – *mein* Imperium – und den ich eigenhändig getötet hatte; ich erkannte meinen alten Feind Dango, das Messer, und Courtcour Bodgis, den Mann mit dem Computergehirn, und Lady Karle von Algol, die ich geliebt und gehaßt hatte.

Da rief ich die Macht an, auf die ich immer noch vertraute.

Donner rollte, und der Himmel erstrahlte wie ein Teich aus blauem Quecksilber. Einen Moment lang sah ich sie jenseits des Wassers, auf jener düsteren Insel, Kathy, ganz in Weiß, und unsere Blicke trafen sich, und sie rief meinen Namen, sonst nichts. Der nächste Donner brachte völliges Dunkel mit sich. Er warf es über die Insel und den Mann, der mit ausgestreckten Armen am Klippenrand stand.

Als ich erwachte, hatte ich eine grobe Vorstellung davon, was der Traum bedeuten sollte.

Ich hatte einst Böcklins Toteninsel geschaffen, um eine Laune zu befriedigen — Klänge von Rachmaninoff, die immer wieder durch mein Gehirn geisterten und mich herausforderten. Es war ein hartes Stück Arbeit gewesen, besonders für mich, da ich sehr bildhaft denke. Zwei Landschaften drängen sich mir unweigerlich auf, wenn vom Tod die Rede ist. Die eine ist das Tal der Schatten, ein breiter Einschnitt zwischen zwei mächtigen grauen Felswänden, der immer dunkler wird, je tiefer man hineinschaut, bis man glaubt, in die sternenlose Schwärze des interstellaren Raumes zu starren. Und die andere ist Böcklins verrücktes Gemälde von der Toteninsel, jenem Ort, den ich eben im Traum gesehen hatte. Das Tal der Schatten scheint ein gewisses Friedensversprechen zu beinhalten, aber vielleicht glaube ich das auch nur, weil ich es nie selbst entwarf und schuf, weil ich mir nicht jede Nuance und jeden Zwischenton dieser gefühlsbeladenen Szene abringen mußte. Die Toteninsel dagegen setzte ich in die Wirklichkeit um, inmitten einer paradiesischen Welt, und sie hat sich so in mein Bewußtsein eingebrannt, daß ich ihre Düsterkeit nie wieder vergessen kann. Sie ist ein Teil von mir geworden. Und dieser Teil hatte sich jetzt gerührt. Ich spürte, daß er mich auf etwas hinweisen, daß er mich vielleicht warnen wollte. Aber ich begriff die Symbolik nicht.

Immerhin, Kathy hatte meinen Namen gerufen, und das bedeutete vielleicht, daß noch nicht alles verloren war . . .

Ich schaltete den Bildschirm ein und betrachtete die Gestirne, die in Lichtspiralen auf einen Punkt dicht vor mir zuwirbelten. Und während ich so im Raum hing und das Universum mich umkreiste, spürte ich, wie die Schichten der Bequemlichkeit, die sich seit Jahrzehnten auf meiner Seele abgelagert hatten, Feuer fingen und verbrannten. Der Mann, zu dem ich mich entwickelt hatte, starb in diesem Moment, und Shimbo, der Donnerwerfer der Dunklen Himmelsfeste, erwachte zu neuem Leben.

Nach einiger Zeit sog mich der Strudel in sein dunkles Auge, wo der Schlaf harrte, kühl und traumlos, sanft und still, wie das Tal der Schatten vielleicht.

Nach etwa zwei Wochen Schiffszeit landete Lawrence Conner die *T* auf der fünften Welt Aldebarans, die den Namen ihres Entdeckers Driscoll trug. Draußen schien die Zeit stehengeblieben zu sein. Fragen Sie mich bitte nicht, weshalb. Ich habe keine Lust, ein Buch zu schreiben. Aber wenn Lawrence Conner sich jetzt zur Umkehr entschlossen hätte, so wäre er nach zwei weiteren Wochen Lesen, Gymnastik und innerer Einkehr an genau dem Tag in Freiland eingetroffen, an dem Francis Sandow seine Reise angetreten hatte ... sicher sehr zur Freude seiner Tiere. Nun, er tat es nicht. Statt dessen half er Sandow – rein, um den Schein zu wahren – ein günstiges Geschäft mit echtem Bruyèreholz abzuschließen. Dann machte er sich daran, die Teile des Puzzles zu untersuchen, die er entdeckt hatte. Vielleicht waren es sogar Teile von mehreren Puzzles. Das ließ sich schwer erkennen.

Ich trug einen leichten Tropenanzug und eine Sonnenbrille, denn am gelben Himmel standen nur ein paar orange gefärbte Wolken, und die Sonne schickte eine Hitzewoge nach der anderen auf das Pastellpflaster, wo sie zerstäubten und alles zum Zittern brachten. Ich hatte einen kleinen Gleiter gemietet und steuerte die Künstlerkolonie einer Stadt namens Midi an, ein für meine Begriffe zu elegantes und hochgestochenes Viertel, das – wie konnte es anders sein – dicht am Meer lag. Nahezu alle der Türme, Nadeln, Quader und Ovale, welche die Menschen hier Heim, Büro, Atelier oder Boutique nannten, bestanden aus Glacyllin, einem Material, dessen Farbe und Lichtdurchlässigkeit man durch einfache Molekülverschiebung nach Belieben verändern konnte. Ich fuhr die Küstenstraße entlang und fühlte mich unwillkürlich an Wackelpeter oder steife Marmelade erinnert – mit Erdbeer-, Himbeer-, Kirsch-, Orangen- oder Zitronengeschmack.

Ich fand das Haus an der alten Adresse, und was Ruth geschrieben hatte, stimmte.

Es hatte sich ziemlich verändert. Früher, als wir hier zusammenlebten, war es eines der wenigen Bollwerke gegen die zäh vordringende, alles erstickende Marmelade gewesen. Nun hatte es kapituliert. Die Stuckmauer mit dem schmiedeeisernen Tor, der gepflasterte Außenhof, die Hazienda und der Springbrunnen, der Sonnengeister auf die rauhen Wände und die Fliesen zauberte — all das war einem vierstöckigen Palast aus Erdbeermarmelade gewichen.

Ich parkte, überquerte die regenbogenschillernde Brücke und drückte auf die Anmeldeplatte in der Tür.

»Dieses Haus steht leer«, erklärte eine mechanische Stimme durch den verborgenen Lautsprecher.

»Wann kommt Miß Laris zurück?« wollte ich wissen.

»Dieses Haus steht leer«, wiederholte die Stimme. »Falls Sie Kaufabsichten haben, wenden Sie sich bitte an Paul Glidden, Sonnenstrahl-Realbesitz, Avenue der Sieben Seufzer 178.«

»Hat Miß Laris eine Adresse hinterlassen?«

»Nein.«

»Hat sie irgendeine Nachricht hinterlassen?«

»Nein.«

Ich kehrte zu meinem Gleiter zurück und brauste auf einem zwanzig Zentimeter starken Luftkissen zur Avenue der Sieben Seufzer, die früher schlicht und einfach Hauptstraße geheißen hatte.

Er war fett und glatzköpfig, und hoch über den kühlen, schiefergrauen Augen wölbten sich bleistiftstrichdünne Brauen. Die winzige Knopfnase verschwand in den Fleischbergen seiner Wangen, und der Mund lächelte vermutlich noch im Schlaf. So erinnerte das Gesicht an eine blankpolierte Kugel, tomatenrot wie das Hemd, das seine nördliche Hemisphäre bedeckte. Mister Glidden saß hinter dem pompösen Schreibtisch der Sonnenstrahl-Realbesitz, in bläulichem Zigarrenrauch gehüllt, und musterte mich scharf.

»Nehmen Sie Platz, Mister Conner!« Er ließ mich keine Sekunde aus den Augen. »Was kann ich für Sie tun?«

»Sie sind der Makler von Ruth Laris, nicht wahr?«

»Stimmt. Möchten Sie das Haus kaufen?«

»Ich suche Ruth Laris«, entgegnete ich. »Wissen Sie, wohin Sie gezogen ist?«

Ein gewisser Glanz wich aus seinen Augen.

»Nein«, sagte er. »Ich habe Ruth Laris nie persönlich kennengelernt.«

»Irgendwo liefern Sie doch das Geld ab, wenn Sie das Haus verkauft haben.«

»Ganz recht.«

»Und wo?«

»Weshalb sollte ich Ihnen das sagen?«

»Weshalb nicht? Mir liegt viel daran, Ruth Laris zu finden.«

»Also, ich habe den Auftrag, das Geld auf ihr Bankkonto zu überweisen.«

»Hier in der Stadt?«

»Genau. Bei der *Artists Funds.*«

»Aber sie traf diese Abmachung nicht selbst mit Ihnen?«

»Nein. Ihr Anwalt rief mich an.«

»Wie heißt er?«

Eine Zeitlang verharrte er schweigend in seiner blauen Rauchwolke. »André DuBois«, meinte er schließlich mit einem Achselzucken. »Von Benson, Carling & Wu. Acht Straßenblöcke weiter nördlich.«

»Vielen Dank.«

»An dem Haus haben Sie also kein Interesse?«

»Im Gegenteil«, sagte ich. »Ich kaufe es, wenn wir den Handel noch im Laufe des heutigen Tages abschließen und Ruths Anwalt mir dabei hilft. Was halten Sie von zweiundfünfzigtausend?«

Plötzlich tauchte er aus den Zigarrenschwaden auf.

»Wo kann ich Sie anrufen, Mister Conner?«

»Ich wohne im *Spectrum.*«

»Paßt es Ihnen nach fünf?«

Was sollte ich bis dahin tun?

»Ausgezeichnet.«

Zuerst einmal brachte ich mein Gepäck ins *Spectrum.* Dann setzte ich mich mit meinem Mann auf Driscoll in Verbindung, unter einem Code, versteht sich, und bat, Lawrence Conner mit einer größeren Summe Bargeld auszuhelfen. Anschließend fuhr ich in den Religionsbezirk, stellte meinen Gleiter ab und machte einen Spaziergang.

Ich schlenderte an Tempeln, Schreinen und Altären vorbei, die allen nur erdenklichen Göttern geweiht waren. Meine Schritte verlangsamten sich, als ich das Territorium der Pei'an erreichte. Nach einiger Zeit fand ich, was ich gesucht hatte: einen schmalen Eingang inmitten von Grünflächen, der zu einem Kellergewölbe führte.

Über eine enge Treppe erreichte ich einen kleinen, kerzenerhellten Vorraum. Dann ging es durch einen niedrigen Torbogen in den Betsaal.

Der Mittelaltar war ganz in Dunkelgrün gehalten. Hunderte von getönten Glasitplatten mit Bildern der Pei'an-Götter hingen an den fünf Wänden. Ich zögerte. Vielleicht hätte ich nicht hierherkommen sollen, nach all den Jahren ...

Ich zählte acht Menschen und sechs Pei'an. Sie alle trugen Gebetsgürtel.

Ein Pei'an ist gut zwei Meter groß und grasgrün. Sein Kopf erinnert an einen Trichter, oben flach und breit, nach unten zu einem dünnen Hals verjüngt. Er hat riesige glänzendgrüne oder gelbe Augen und eine flache Nase, deren Schlitzöffnungen praktisch in Hautfalten verschwinden. Der breite Mund besitzt weder Lippen noch Zähne; die Pei'an saugen unaufhörlich ihre eigene Haut nach innen, und dabei faltet und verhärtet sich die Dermis zu Knorpelgraten. Wer so etwas noch nie gesehen hat, mag es unappetitlich finden, aber die Pei'an sind schöne Geschöpfe, glatt und geschmeidig wie Katzen und symmetrisch gewachsen. Männer wie Frauen tragen Röcke, die in dunklen Farben gehalten sind. Die Frauen wirken etwas kleiner und zierlicher als die Männer, haben jedoch stark ausgeprägte Hüften und Oberkörper – obwohl sie keine eigentlichen Brüste besitzen, denn sie säugen ihre Jungen nicht.

Die Sprache der Pei'an ist schwierig. Ich beherrsche sie. Ich kenne auch die eine oder andere ihrer Philosophien. Viele Pei'an sind Telepathen, und einige besitzen andere außergewöhnliche Fähigkeiten. So wie ich.

Ich nahm in einer der Bänke Platz und entspannte mich. Da ich meine Ausbildung auf Megapei erhielt, schöpfe ich eine gewisse Kraft aus den Heiligtümern der Pei'an. Strantri, so nennen sie ihre Religion, erinnert mich ein wenig an den Hinduismus. Die Pei'an scheinen im Lauf ihrer Geschichte nichts anderes getan zu haben, als möglichst viele Götter, Rituale und Traditionen anzuhäufen. Strantri hat sich in jüngster Zeit beträchtlich ausgebreitet und besitzt gute Aussichten, eines Tages zu einer Art Universalreligion zu werden, denn sie enthält für jeden etwas. Und wahrscheinlich wird es die erste Religion sein, die ihre Gründerrasse überlebt. Es gibt mit jedem Jahr weniger Pei'an. Sie haben zwar eine sehr hohe Lebenserwartung, aber sie sind nicht sonderlich fruchtbar. Nun, die *Geschichte der Pei'an-Kultur* ist bereits geschrieben, und sie umfaßt fünfzehntausend Bände. Die größten Gelehrten des Volkes arbeiteten daran. Vielleicht kamen die Pei'an zu dem Schluß, nun auch das letzte Kapitel ihres Lebensbuches zu schreiben. Sie geben nämlich viel auf ihre Gelehrten. In dieser Hinsicht sind sie komisch.

Die Pei'an besaßen bereits ein galaktisches Imperium, als die Menschen noch in Höhlen hausten. Dann führten sie über Epochen hinweg erbitterte Kämpfe gegen die Bahulier, eine inzwischen ausgestorbene Rasse. Ihre Kräfte erlahmten, ihre Industrie brach zusammen, sie wurden stark dezimiert. Schließlich gaben sie ihre Kolonien auf und zogen sich auf das kleine Weltensystem zurück, das sie heute noch bewohnen. Sie nannten es Megapei, nach ihrem Ursprungsplaneten, den die Bahulier zerstört hatten. Wenn man den Beschreibungen glauben durfte, waren diese Bahulier grausame Barbaren gewesen. Nun, ich hatte meine geheimen Zweifel, denn sämtliche Kriegsberichte stammten von Pei'an.

Einer der Gläubigen stimmte eine Litanei an, die ich besser als jeder andere erkannte. Ich schaute auf.

Ja, es war geschehen.

Die Glasitplatte mit Shimbo, dem Donnerwerfer der Dunklen Himmelsfeste, leuchtete gelblichgrün.

Einige der Gottheiten waren getreue Ebenbilder der Pei'an, andere stellten, wie bei den alten Ägyptern, ein Mittelding zwischen Pei'an und Tier dar, und wieder andere schienen einfach einer bizarren Fantasie entsprungen. Aber irgendwann hatten die Pei'an auch die Erde besucht, denn Shimbo war ein Mensch. Wie eine hochintelligente Rasse einen Wilden zum Gott erheben konnte, begreife ich nicht, aber da steht er, nackt, mit grünlich schimmernder Haut, das Gesicht halb verdeckt von der hocherhobenen Linken, die in eine Gewitterwolke stößt. In der Rechten trägt er eine Armbrust und an seiner Hüfte hängt ein Köcher mit Blitzen.

Die übrigen Anwesenden nahmen den Gesang auf. Immer mehr Gläubige strömten herein. Der Betsaal füllte sich.

Wärme breitete sich in meinem Innern aus, und ein Gefühl der Macht erfüllte mich.

Wie es sich abspielt, weiß ich nicht, aber sobald ich eine Kultstätte der Pei'an betrete, beginnt Shimbo zu leuchten, und mich ergreift die Macht und die Ekstase. Als ich meine zwanzig Jahre Lehrzeit und meine dreißig Jahre Praxis als Weltenbauer abgeschlossen hatte, war ich der einzige Terraner, der auf diese Weise sein Vermögen verdiente. Alle anderen gehörten zur Rasse der Pei'an. Jeder von uns trägt den Namen eines Pei'an-Gottes. Ich wählte Shimbo

— oder er mich —, weil er ein Mensch war. Es heißt, daß er im Universum wirken wird, solange ich lebe. Wenn mich der Tod ereilt, kehrt er ins glückliche Nichts zurück, bis ein anderer seinen Namen annimmt. Ich verstehe die Bindung nicht, aber es ergeht den Pei'an kaum besser.

Ich hatte gefürchtet, daß Shimbo längst von mir gewichen war, weil ich so wenig aus meinem Talent und meinem Leben gemacht hatte. Und ich glaube, daß ich dieses Heiligtum nur betrat, um meinen Verdacht bestätigt zu sehen.

Ich erhob mich und schlenderte zum Ausgang. Als ich unter dem Torbogen stand, spürte ich das unwiderstehliche Verlangen, die linke Hand zu heben. Ich ballte die Finger zur Faust. Im gleichen Moment brüllte der Donner los.

Shimbo leuchtete immer noch, und der Gesang war in meinem Innern, als ich ins Freie hinaustrat. Es hatte leicht zu regnen begonnen.

2

Glidden und ich kamen um halb sieben im Büro von DuBois zusammen und schlossen das Geschäft für sechsundfünfzigtausend ab. DuBois war ein untersetzter Mann mit wettergegerbtem Gesicht und einer dichten weißen Haarmähne. Er hatte sein Büro nur deshalb so spät geöffnet, weil ich darauf bestand, den Handel noch an diesem Tag perfekt zu machen. Ich blätterte das Geld hin, unterzeichnete die Papiere und nahm die Schlüssel in Empfang. Dann wurden reihum Hände geschüttelt, und wir verließen die Kanzlei. Als wir über das feuchte Pflaster zu unseren Gleitern gingen, blieb ich plötzlich stehen und sagte: »Verflixt, jetzt habe ich meinen Füller auf Ihrem Schreibtisch vergessen, DuBois!«

»Ich lasse Ihnen das Ding zuschicken. Sie wohnen im *Spectrum*, nicht wahr?«

»Ja, aber ich breche in aller Frühe auf.«

»Dann bringt ihn jemand in die Künstlerkolonie.«

Ich schüttelte den Kopf. »Das nützt nichts. Ich brauche ihn noch heute abend.«

»Hier — nehmen Sie meinen!«

In diesem Moment hatte Glidden sein Fahrzeug bestiegen und befand sich außer Hörweite. Ich winkte ihm nach, dann sagte ich:

»Lassen wir das Theater mit dem Füller! Ich möchte Sie unter vier Augen sprechen.«

Ein paar Lachfalten standen um seine dunklen Augen. Er warf mir einen neugierigen Blick zu.

»Also schön«, sagte er. Wir kehrten um, und er sperrte das Büro noch einmal auf.

»So, was gibt es?« fragte er, als er hinter seinem Schreibtisch Platz genommen hatte.

»Ich suche Ruth Laris«, entgegnete ich.

Er zündete sich eine Zigarette an. So etwas ist immer gut, wenn man Zeit gewinnen will.

»Warum?« erkundigte er sich.

»Sie ist eine gute Bekannte von mir. Wissen Sie, wo sie sich im Moment aufhält?«

»Nein.«

»Ist es nicht etwas – ungewöhnlich, eine so hohe Summe zu verwalten und nicht einmal die Adresse des Besitzers zu kennen?«

»Doch«, bestätigte er. »Das ist es wohl. Aber ich habe den Auftrag nun mal erhalten.«

»Von Ruth Laris?«

»Wie meinen Sie das?«

»Hat Sie Ihnen den Auftrag persönlich erteilt, oder tat es jemand in ihrem Namen?«

»Ich verstehe wirklich nicht, was Sie das angeht, Mister Conner. Gestatten Sie, daß ich das Gespräch jetzt beende.«

»Einen Moment«, bremste ich. »Wissen Sie, daß ich ihr Haus nur erstand, um eventuell einen Hinweis auf ihren Verbleib zu bekommen? Danach werde ich das Ding in eine Hazienda verwandeln, da mir die Architektur in dieser Stadt nicht gefällt. Was sagt Ihnen das?«

»Daß Sie eine Art Spinner sind«, stellte er fest.

Ich nickte. »Ein Spinner, der es sich leisten kann, seinen Launen nachzugeben. Also ein Spinner, der eine Menge Schwierigkeiten machen kann. Was ist *dieses* Gebäude wert? Zwei Millionen?«

»Ich weiß nicht.« Er wirkte ein wenig unsicher.

»Wenn es nun jemand kaufen und in einen Wohnblock umgestalten würde? Dann müßten Sie sich eine neue Bleibe suchen.«

»So einfach läßt sich mein Mietvertrag nicht kündigen, Mister Conner.«

Ich lachte. »Und wenn dann obendrein bei der Anwaltskammer plötzlich ein Untersuchungsverfahren gegen Sie liefe?«

Er sprang auf. »Sie sind tatsächlich verrückt!«

»Wirklich? Ich weiß noch nicht, was ich Ihnen andrehen würde. Aber jede Untersuchung läßt den Schatten eines Verdachts zurück. Bestimmt fiele es Ihnen danach schwer, wieder Fuß zu fassen . . .« Ich wandte nicht gerade die feine Art an, aber ich hatte es eilig. »Sind Sie sicher? Sind Sie ganz sicher, daß Sie einen Verrückten vor sich haben?«

»Nein«, entgegnete er nach einer kleinen Pause.

»Wenn Sie nichts zu verbergen haben, können Sie mir doch ruhig erzählen, wie die Vereinbarungen getroffen wurden. Verstehen Sie mich recht, ich verlange nicht, daß Sie Ihre Schweigepflicht verletzen. Ich will nur wissen, auf welche Weise Sie den Auftrag erhielten. Es wundert mich nämlich, daß Ruth überhaupt keine Nachricht hinterließ.«

Er lehnte sich zurück und musterte mich aufmerksam.

»Ruth Laris rief mich an . . .«

»Vielleicht wurde sie bedroht, oder sie stand unter Drogeneinfluß . . .«

»Das ist lächerlich!« fuhr er auf. »Überhaupt, was haben Sie mit der Angelegenheit zu tun?«

»Wie gesagt, Ruth ist eine gute Bekannte von mir.«

Er schien zu erschrecken. Seine Augen verengten sich. Es gab sicher noch einige Leute, die wußten, wer zu Ruths Bekanntenkreis gezählt hatte.

»Außerdem«, fuhr ich fort, »schrieb sie mir vor kurzem, daß ich sie in einer wichtigen Angelegenheit aufsuchen solle. Ich komme an, finde das Haus verlassen, und kein Mensch scheint zu wissen, wo sie sich aufhält. Da ist etwas faul, Mister DuBois, und ich lasse nicht locker, bis ich mehr erfahren habe.«

Vielleicht hatte er erkannt, daß mein Anzug von einem teuren Schneider stammte. Vielleicht ließ er sich auch von meiner Stimme einschüchtern. Ich bin es schließlich seit Jahrhunderten gewohnt, Befehle zu erteilen. Wie dem auch war, er verständigte nicht die Polizei.

»Wir handelten alles brieflich oder telefonisch aus«, sagte er. »Ich weiß wirklich nicht, wo sie sich befindet. Sie deutete nur an, daß sie die Stadt verlassen wolle und das Haus deshalb nicht mehr benötige. Ich erhielt den Auftrag, es mitsamt den Möbeln zu verkaufen und das Geld auf ihr Konto bei der *Artists Funds* zu überweisen. Nun, ich erklärte mich einverstanden und leitete die Sache an die Sonnenstrahl-Realbesitz weiter.« Er musterte mich, senkte den Blick, musterte mich wieder. »Offen gestanden, Ruth Laris hat eine Nachricht hinterlassen — aber nicht für Sie. Falls der Empfänger sich binnen dreißig Tagen nicht bei mir meldet, wird ihm der Brief per Post zugestellt.«

»Und wie lautet sein Name?«

»Das ist vertraulich, Sir.«

»Melden Sie ein R-Gespräch nach Glencoe, Nummer 73737373, an«, befahl ich, »und bestehen Sie darauf, daß man Sie mit Direktor Domenic Malisti verbindet! Wenn Sie ›Bääbää, schwarzes Schaf!‹ in den Hörer rufen, wird er Ihnen sagen, wer sich hinter Lawrence Conner verbirgt.«

DuBois tat, was ich von ihm verlangte. Als er den Hörer aufgelegt hatte, ging er an einen kleinen Wandsafe, holte einen versiegelten Umschlag heraus und reichte ihn mir. »Francis Sandow« stand in neutralen Schreibmaschinenbuchstaben darauf.

»Danke«, sagte ich und riß ihn auf.

Ich versuchte meine Gefühle zu verbergen, als ich die drei Dinge betrachtete, die mir entgegenfielen. Da war ein zweites Bild von Kathy, in veränderter Haltung, vor einem leicht veränderten Hintergrund; dann eines von Ruth, nicht mehr so grazil wie früher, aber immer noch sehr attraktiv; und — ein Zettel.

Der Zettel enthielt pei'anische Schriftzeichen. In der Anrede stand mein Name und dahinter das Symbol für Shimbo, den Donnerwerfer der Dunklen Himmelsfeste. Das verwirrte mich, denn sehr wenige kennen die Identität der Namensträger. Unterschrieben war er mit »Green Green« und dem Symbol für Belion, der bis dahin keinen Namensträger besessen hatte. Er ist der Feuergott, der unter der Erde lebt. Und er ist der Erzfeind von Shimbo.

Ich überflolg den Inhalt. Er lautete: *»Wenn du Sehnsucht nach deinen Frauen hast, dann komm auf die Toteninsel. Bodgis, Dango, Shandon und der Zwerg erwarten dich ebenfalls.«*

Daheim auf Freiland lagen die Tridi-Aufnahmen von Bodgis, Dango, Shandon, Nick, Lady Karle (die er vielleicht zu meinen Frauen zählte) und Kathy. Nun befand sich also auch noch Ruth in seiner Gewalt.

Wer steckte dahinter?

»Green Green« war kein Begriff für mich, aber natürlich kannte ich die Toteninsel.

»Danke«, sagte ich noch einmal.

»Stimmt etwas nicht, Mister Sandow?«

»Keine Sorge, ich bringe es schon wieder in Ordnung. Und vergessen Sie meinen Namen!«

»Jawohl, Mister Conner.«

»Guten Abend.«

»Guten Abend.«

Ich betrat das Haus in der Künstlerkolonie und schlenderte durch die Diele und die verschiedenen Wohnräume, bis ich das Schlafzimmer fand. Ich durchsuchte es. Ruth hatte das Haus vollständig möbliert zurückgelassen. Auch die persönlichen Kleinigkeiten, die jede Frau mitnimmt, wenn sie für längere Zeit verreist, waren da. Ein merkwürdiges Gefühl beschlich mich, als ich durch das Haus ging, das sich so verändert hatte, und doch hin und wieder auf einen vertrauten Gegenstand stieß: eine antike Uhr, einen handbemalten Wandschirm, eine Zigarettendose mit einer wertvollen Einlegearbeit. Ich dachte darüber nach, wie das Leben Dinge, die einst etwas bedeutet hatten, wieder achtlos mit dem vermengt, was einem fremd ist, und ihr besonderer Zauber nur noch in der Erinnerung an die Zeit und den Ort fortlebt, mit dem man sie in Verbindung bringt. Dann tauchen sie unvermittelt wieder auf; man spürt eine kurze Unruhe, ein Aufwühlen, beinahe surrealistisch, und dann stirbt auch dieser Zauber, zerstört durch das Wiedersehen. Die Gefühle, die man mit den Bildern festgehalten hat, verströmen. Zumindest erging es mir so, während ich mich in Ruths Haus umsah.

Ich setzte mich und zündete mir eine Zigarette an. Ruths Foto war im Schlafzimmer gemacht worden. Bei ihr fehlte der Himmel- und Felsenhintergrund der anderen Bilder. Ich hatte alles auf den Kopf gestellt und nichts gefunden — keine Spur von Gewaltanwendung, keinen Hinweis auf die Person meines Feindes. Mein Feind — ich sprach die Worte laut aus, und sie klangen sonderbar in dem großen leeren Aquarium von einem Haus. Mein Feind.

Es war jetzt heraus. Man verfolgte mich — weshalb, das wußte ich noch nicht genau. Allem Anschein nach, um mich zu töten. Wenn ich nur gewußt hätte, welcher meiner vielen Feinde dahintersteckte!

Ich ging sie im Geiste durch. Der merkwürdige Treffpunkt fiel mir wieder ein und mein Traum . . .

Wenn mir jemand wirklich etwas anhaben wollte, dann war es idiotisch, mich an diesen Platz zu locken, außer er wußte nichts von der Macht, die ich besaß, sobald ich meinen Fuß auf eine Welt setzte, die ich geschaffen hatte. Jede Pflanze, jedes Tier würde mein Verbündeter sein, wenn ich nach Illyria zurückging, den Planeten, den ich vor vielen Jahrhunderten errichtet hatte und auf dem sich die Toteninsel befand, *meine* Toteninsel.

. . . Und ich würde zurückgehen. Das stand fest. Ruth und vielleicht sogar Kathy . . . Die beiden Namen verlangten, daß ich noch einmal den Garten Eden aufsuchte, den ich nach meiner Vorstellung geformt hatte. Ruth und Kathy . . . zwei Bilder, die ich nicht gern nebeneinanderstellte. Aber jetzt blieb mir keine andere Wahl. Sie hatten für mich nie gleichzeitig existiert, und es war mir nicht wohl bei dem Gedanken, daß sie jetzt vielleicht zusammentrafen. Nun, ich hatte fest vor, nach Illyria zurückzukehren, und wer immer den Köder in dieser Weise ausgelegt hatte, sollte es mir büßen.

Ich drückte die Zigarette aus und begab mich zurück ins *Spectrum.* Mit einem Male hatte ich Hunger.

Ich zog mich zum Abendessen um und ging in die Hotelhalle hinunter. Am Empfang erkundigte ich mich nach einem Restaurant, das um diese Zeit noch offen hatte.

»Der Bartol-Aussichtsturm in der Bucht«, sagte der Nachtportier und unterdrückte mühsam ein Gähnen. »Die Leute machen erst in ein paar Stunden Schluß.«

Also ließ ich mir den Weg beschreiben und fuhr hin und machte dort das merkwürdige Geschäft mit dem Bruyèreholz. Lächerlich ist eigentlich noch besser als merkwürdig, aber schließlich lebt jeder im Schatten des Großen Baumes, nicht wahr?

Ich fuhr hin und überließ meinen Gleiter einer Uniform, die ihn zwischen zwei gemalten Strichen abstellte, als ob ich das nicht hätte selbst tun können. Aber ich begegne diesen Uniformen, wohin ich mich auch begebe. Sie öffnen mir Türen, die ich selbst aufmachen kann, reichen mir Handtücher, die ich nicht brauche, greifen nach einer Aktentasche, die ich nicht gern loslasse — die Rechte abgewinkelt und bereit, beim ersten Klimpern von Metall oder Rascheln einer bestimmten Papiersorte vorzuschnellen. Sie verfolgen mich seit mehr als tausend Jahren, und es sind nicht einmal die Uniformen, die mich so sehr aufregen; vielmehr bringt mich dieses verdammte Lächeln in Weißglut, das nur für eine einzige Sache aufgesetzt wird.

Wir sind alle Touristen geworden. Früher einmal gab man ein Trinkgeld nur, wenn man etwas gründlich und schnell erledigt haben wollte — und es diente dazu, den schlechten Lohn bestimmter Berufsgruppen aufzubessern. Das verstand und akzeptierte ich. Aber dann verzerrte der Tourismus, der sich im Jahrhundert meiner Geburt entfaltete, diese Dinge. Es begann in den unterentwickelten Ländern und breitete sich aus, bis es die Touristenvölker selbst erfaßte — das Wissen, daß man reich werden kann, wenn man eine Uniform trägt, lächelt und Dienste erweist, auf die niemand scharf ist.

Seit der schleichenden Revolution im zwanzigsten Jahrhundert sind wir alle Touristen, sobald wir den Fuß vor die Schwelle unseres Hauses setzen, Bürger zweiter Klasse, rücksichtslos ausgebeutet von den Legionen, die inzwischen in aller Heimlichkeit die Herrschaft übernommen haben.

Heute stürzen sich überall, wohin ich mich wage, Uniformen auf mich, bürsten mir die Schuppen vom Kragen, drücken mir Prospekte in die Hand, leiern den Wetterbericht herunter, beten für meine Seele, helfen mir über Pfützen, spannen Schirme auf, ob es regnet oder die Sonne scheint, leuchten mir mit Infrarotlampen, wenn der Himmel bedeckt ist, holen mir Fussel aus dem Bauchnabel, rasieren mir die Haare im Nacken aus, rücken mir die Fliege zurecht, wichsen meine Schuhe und lächeln — die Rechte angewinkelt, zum Vorschnellen bereit. Was für ein verdammt glücklicher Platz wäre doch das Universum, wenn wir alle Uniformen trügen, in denen es klimperte oder raschelte! Dann müßten wir einander ständig anlächeln.

Ich fuhr mit dem Lift in die sechzigste Etage, wo sich das große Restaurant befand. Jetzt erst merkte ich, daß es besser gewesen wäre, telefonisch einen Tisch zu bestellen. Alles war voll. Die Empfangsdame notierte meinen Namen und bat mich, fünfzehn bis zwanzig Minuten zu warten, also ging ich in eine der beiden Bars nebenan und bestellte ein Bier.

Während ich trank, warf ich einen Blick durch das kleine Foyer in den angrenzenden Raum. Im Halbdunkel entdeckte ich ein feistes Gesicht, das mir irgendwie bekannt vorkam. Ich setzte meine Teleskopbrille auf und studierte es im Profil. Nase und Ohren waren unverkennbar, auch wenn die Haarfarbe nicht stimmte und der

Hautton zu dunkel wirkte. Nun, so etwas ließ sich mit ein paar Handgriffen verändern.

Ich wollte eben an den Tisch hinüberschlendern, als mich ein Kellner darauf aufmerksam machte, daß ich die Bar nicht mit einem Drink verlassen durfte. Auf meine Antwort, daß ich nur in den Nebenraum wolle, erbot er sich, das Glas zu tragen. Sicher kam es billiger, wenn ich mir ein neues besorgte, und so sagte ich ihm, er könne es leertrinken.

Der Mann war allein. Er hatte ein winziges Glas mit einer hellen Flüssigkeit vor sich stehen. Ich nahm die Brille ab und schob sie in die Tasche, als ich an seinen Tisch trat. Dann sagte ich mit verstellter Stimme: »Darf ich Ihnen Gesellschaft leisten, Mister Bayner?«

Einen Moment lang gerieten seine Fettpolster in Bewegung. Die Elsteraugen sahen mich durchdringend an, und ich wußte, daß die Maschine, die hinter seiner Stirn lag, auf Hochtouren arbeitete.

»Das ist wohl eine Verwechslung«, begann er lächelnd, doch dann zog er die Augenbrauen hoch. »Oh, Frank! Beinahe hätte ich dich nicht erkannt. Aber wir haben uns lange nicht gesehen . . .«

»Und wir reisen beide inkognito«, ergänzte ich lachend. Ich nahm ihm gegenüber Platz.

Er winkte einen Kellner herbei. »Was trinkst du?«

»Bier, egal welche Sorte.«

Der Kellner nickte und verschwand.

»Hast du schon gegessen?«

»Nein. Ich wartete eben in der Bar nebenan auf einen freien Tisch, als ich dich hier entdeckte.«

»Ich komme gerade vom Essen. Wenn ich nicht plötzlich Lust auf einen Drink verspürt hätte, wären wir uns vermutlich nie begegnet.«

»Ein merkwürdiger Zufall«, sagte ich und fügte unvermittelt hinzu: »Green Green.«

»Was?«

»Verde Verde. Grün Grün.«

»Ich verstehe nicht ganz. Soll das ein Kode sein, den ich kenne?«

Ich zuckte mit den Schultern. »Nenne es eine Zauberformel zur Verwirrung meiner Feinde! Was gibt es Neues?«

»Jetzt, da du hier bist, habe ich natürlich einiges mit dir zu besprechen. Darf ich dich ins Restaurant begleiten?«

»Gern.«

Als man den Namen Harry Conner ausrief, begaben wir uns also in einen der zahllosen kleinen Speiseräume, die diese Etage des Turms füllten. In einer klaren Nacht hätten wir eine reizvolle Aussicht auf die Bucht genossen, aber der Himmel war bedeckt, und so huschten nur hin und wieder die Kegel von Suchscheinwerfern über die dunklen Wellen des Ozeans. Bayner hatte noch Appetit und bestellte ein zweites Abendessen. Er verschlang einen Berg Spaghetti und einen Teller fetter Würste, bevor ich mein Steak zerteilt hatte. Dann machte er mit Käsetorte und Kaffee weiter.

»Ah, das hat gut getan!« stellte er fest und kratzte mit einem Zahnstocher in seinen Vorderzähnen herum. Dazu lächelte er — das erste Lächeln, das ich seit gut vierzig Jahren bei ihm gesehen hatte.

»Zigarre?« fragte ich.

»Warum nicht?«

Der Zahnstocher verschwand, wir zündeten die Zigarren an, und die Rechnung kam. Das mache ich immer so, wenn es irgendwo voll ist und die Kellner sich Zeit mit dem Abkassieren lassen. Eine billige Zigarre, ein wenig blauer Dunst, und man wird prompt abgefertigt.

»Das geht auf mich«, erklärte Bayner, als ich die Rechnung in Empfang nahm.

»Unsinn. Du bist mein Gast.«

»Hmm . . . wie du meinst.«

Schließlich steht Bill Bayner an fünfundvierzigster Stelle der hundert reichsten Männer der Galaxis. Man hat nicht jeden Tag die Gelegenheit, mit erfolgreichen Leuten zu dinieren.

Als wir aufbrachen, meinte er: »Ich habe da ein Plätzchen, wo wir uns ungestört unterhalten können. Komm, ich bringe dich hin.«

So nahmen wir seinen Wagen und ließen eine gekränkte Uniform zurück. Etwa zwanzig Minuten kutschierten wir kreuz und quer durch die Stadt, um eventuelle Verfolger abzuschütteln. Schließlich hielten wir vor einem Apartment-Haus acht Blocks vom Bartol-Turm entfernt. Wir traten ein, und er nickte dem Portier zu.

»Na, wie wird das Wetter morgen?« fragte er.

»Klar«, entgegnete der Mann.

Wir fuhren in die sechste Etage. In der Dielenvertäfelung steckten falsche Edelsteine *en masse*. Einige davon waren garantiert Spione. Vor einer ganz normalen Tür blieben wir stehen. Er klopfte — dreimal, Pause, zweimal, Pause, einmal. Mir war klar, daß er den

Code am nächsten Tag ändern würde. Ein bleicher Jüngling im dunklen Anzug öffnete, nickte und verschwand, als Bayner mit dem Daumen über die Schulter wies. Wir traten ein. Er schloß rasch die Tür, aber ich bemerkte dennoch, daß sich zwischen den harmlosen Holzfurnierschichten eine dicke Stahlplatte befand. Bayner legte einen Finger an die Lippen und begann den Raum mit allen möglichen Instrumenten gründlich zu durchsuchen. Dann schaltete er einen Verzerrer ein, zog seufzend seine Jacke aus und warf sich in einen Sessel. »So«, sagte er und wandte sich mir zu. »Nun kann uns keiner belauschen. Was trinkst du?«

»Du bist vollkommen sicher, daß niemand mithört?«

Er überlegte eine Weile. »Ja«, sagte er schließlich.

»Gut. Dann nehme ich Bourbon mit Wasser.«

Er zog sich in ein Nebenzimmer zurück und kam nach einiger Zeit mit zwei Gläsern wieder. Wenn er mit mir über geschäftliche Dinge sprechen wollte, hätte er sich vermutlich Tee eingeschenkt. Es war mir egal.

»Was gibt es? eröffnete ich das Gespräch.

»Verdammt, die Gerüchte über dich stimmen also! Wie hast du es herausgefunden?«

Ich zuckte mit den Schultern.

»Aber diesmal lasse ich mich nicht mehr so ausbooten wie damals bei der Bergwerkslizenz von Wega!«

»Ich weiß nicht, wovon du sprichst«, erklärte ich.

»Die Sache vor sechs Jahren . . .«

Ich lachte.

»Hör zu«, sagte ich, »es ist mir ziemlich schnuppe, was mit meinem Geld geschieht, solange es da ist, wenn ich es brauche. Ich habe einige Leute angestellt, die es für mich verwalten. Wenn dir vor sechs Jahren im Wega-System ein Fisch durchs Netz schlüpfte, dann höchstwahrscheinlich deshalb, weil ich gerade einen tüchtigen Burschen in der Gegend hatte. Ich laufe nicht so wie du in der Weltgeschichte umher, um mein Vermögen zusammenzuhalten. Diese Verantwortung habe ich längst an andere abgeschoben.«

»Schon gut, Frank, schon gut«, sagte er. »Du reist also inkognito nach Driscoll und läufst mir zufällig ein paar Stunden vor dem Vertragsabschluß über den Weg. Welcher von meinen Leuten hat geplaudert?«

»Keiner, so glaub mir doch!«

Er wirkte gekränkt.

»Ich würde dir so etwas sagen«, erklärte er. »Du – du mußt nicht denken, daß ich mich an ihm rächen will! Ich habe lediglich die Absicht, ihn an eine Stelle abzuschieben, wo er keinen Schaden mehr anrichten kann.«

»Ich bin wirklich nicht in Geschäften unterwegs«, beteuerte ich. »Und ich hatte keine Ahnung, daß du auf Driscoll weilst.«

»Nun, egal, welchen Trumpf du im Ärmel hast – diesmal schnappst du mir den Brocken nicht weg!«

»Will ich doch gar nicht!«

»Verdammt!« murmelte er mit zusammengebissenen Zähnen. »Es lief alles so glatt!« Und er hieb mit der Faust auf den Tisch.

»Ich weiß noch nicht einmal, um welches Produkt es geht.«

Er stand auf, verließ den Raum und kam mit einer Pfeife zurück, die er mir in die Hand drückte.

»Hübsches Stück«, stellte ich fest.

»Fünftausend«, entgegnete er. »Billig.«

»Hm, eigentlich bin ich kein Pfeifenraucher.«

»Also, mehr als zehn Prozent sind für dich nicht drin«, erklärte er finster. »Ich habe die Sache persönlich an Land gezogen und lasse sie mir von dir nicht vermasseln.«

Mit einem Mal war ich sauer. Dieser Knilch hatte, vom Essen einmal abgesehen, keinen anderen Gedanken im Kopf, als immer noch mehr Geld an sich zu raffen. Und er glaubte, daß ich dem gleichen Hobby nachging, nur weil auf vielen Blättern des Großen Baumes »Sandow« stand. »Ein Drittel, oder ich reiße mir alles unter den Nagel!« sagte ich also.

»Ein Drittel?«

Er sprang auf und begann zu zetern. Ein Glück, daß die Wände schalldicht waren und sich keine Abhörgeräte im Raum befanden! Einige seiner Flüche waren sogar mir neu. Schließlich rannte er mit puterrotem Gesicht auf und ab, während ich ehrloser, geldgieriger Halsabschneider dasaß und über Pfeifen nachdachte.

Ein Mann mit meiner Lebensspanne kramt bei Bedarf alle möglichen Dinge aus seiner Erinnerung hervor. Damals in meiner Jugend waren gute Pfeifen entweder aus Meerschaum oder aus Bruyèreholz. Tonpfeifen werden abscheulich heiß, und solche aus normalem Holz bekommen Sprünge oder brennen rasch aus. Die kleinen Maiskolbenpfeifen sind zu gefährlich. In der zweiten Hälfte des zwanzigsten Jahrhunderts, als die Menschheit durch massive Warnungen vor der Zigarette und ihren Folgen für Bronchien und

Lungen eingeschüchtert wurde, setzte so etwas wie eine Pfeifen-Renaissance ein. Gegen Ende des Jahrhunderts waren dann die Vorräte an Meerschaum und Bruyèreholz so gut wie erschöpft. Heutzutage benutzen die meisten Raucher synthetische Pfeifen, aber Meerschaum und Bruyèreholz geistern immer noch in ihren Träumen umher. Im Laufe der Zeit fand man auch auf anderen Welten kleine Meerschaumvorkommen, und sie brachten ihren Besitzern über Nacht ein Vermögen. Die südeuropäische Baumheide jedoch, von der das Bruyèreholz herstammte, schien ausgestorben – doppelt schade, da heutzutage Pfeifenrauchen die übliche Art des Tabakgenusses ist. DuBois und ich stellen große Ausnahmen dar. Aber die Pfeife, die Bayner mir gezeigt hatte, bestand aus einem herrlich flammengemaserten Bruyèreholz. Deshalb ...

»... fünfzehn Prozent«, sagte er. »Dabei bleibt mir kaum ein Gewinn.«

»Quatsch! Diese Hölzer sind das Zehnfache ihres Gewichts in Platin wert.«

»Du brichst mir das Herz, wenn du mehr als achtzehn Prozent verlangst.«

»Dreißig.«

»Sei vernünftig, Frank!«

»*Ich* bin es.«

»Zwanzig Prozent – das ist mein letztes Angebot. Und du mußt mit fünf Millionen einsteigen ...«

Ich lachte.

So schachterte ich während der nächsten Stunde aus purer Bosheit, aus Rache für das miese Urteil, das er sich von mir gebildet hatte und an dem er zäh festhielt. Ich spielte die Rolle, die er mir zugedacht hatte, ausgezeichnet. Was halten Sie von fünfundzwanzig bei einer Einlage von vier Millionen? Es tat mir aufrichtig leid, daß ich Malisti aus dem Schlaf reißen mußte, um die finanzielle Seite zu regeln.

Und so schloß ich auf Driscoll mein merkwürdiges Geschäft mit echtem Bruyèreholz ab. Lächerlich ist noch besser als merkwürdig, aber schließlich lebt jeder im Schatten des Großen Baumes, nicht wahr?

Nachdem alles vorbei war, klopfte er mir auf die Schulter, nannte mich einen eiskalten Burschen und erklärte, daß er mich lieber auf seiner Seite als gegen sich wisse. Bei ein paar Drinks versuchte er mir Martin Bremen abzuluchsen, denn es war ihm bisher noch nicht gelungen, einen rigelianischen Koch anzuheuern. Und er bohrte immer wieder nach, wer mir den Tip mit dem Bruyèreholz gegeben hatte.

Später setzte er mich am Bartol-Turm ab. Die Uniform brachte meinen Gleiter, erhielt ihr Trinkgeld, schaltete das Lächeln ab und verschwand. Ich fuhr zurück zum *Spectrum* und machte mir Vorwürfe, daß ich nicht dort gegessen hatte. Mußte ich immer neue Blätter mit meinem Autogramm vollkritzeln?

Das Radio im Gleiter spielte einen Dixieland, den ich seit Epochen nicht mehr gehört hatte. Es fing zu regnen an. Ein Gefühl der Einsamkeit und Melancholie überkam mich. Auf den Straßen herrschte kaum Verkehr, und so fuhr ich schneller.

Am nächsten Morgen schickte ich an Marling von Megapei ein Kuriergramm, in dem ich ihm versicherte, daß Shimbo noch vor Beginn der fünften Jahreszeit bei ihm sein werde. Gleichzeitig fragte ich an, ob er einen Pei'an namens Green Green kannte, der irgendwie mit dem Namen Belions in Verbindung stand.

Ein Kuriergramm ist der schnellste und kostspieligste Weg, eine interstellare Botschaft zu verschicken. Dennoch wußte ich, daß mindestens zwei Wochen vergehen würden, bis ich Antwort erhielt.

Ich bezahlte meine Hotelrechnung und fuhr noch einmal zu Ruths Haus, um einen letzten Blick ins Innere zu werfen. Das Erdbeerschloß hatte sich nicht verändert — wenn man davon absah, daß im Postfach ein großer Umschlag ohne Absender steckte. Die Adresse lautete: *An Francis Sandow, bei Ruth Laris.*

Ich nahm ihn mit nach drinnen und vergewisserte mich, daß ich allein war. Dann erst legte ich den Ministrahler aus der Hand, dieses praktische kleine Ding, das einen schnellen, lautlosen und ganz natürlich wirkenden Tod herbeiführt. Ich setzte mich und riß das Kuvert auf.

Ja.

Die nächste Aufnahme.

Es war Nick, mein alter Freund Nick — Nick, der Zwerg, seit langem tot. Er befand sich auf einem schmalen Felsgrat, die bärtigen Züge haßverzerrt. Man spürte, daß er den Fotografen am liebsten umgebracht hätte.

»Komm nach Illyria!« lautete die Botschaft. Sie war diesmal in englischer Sprache abgefaßt. »Alle deine Freunde leben dort!«

Ich zündete mir die erste Zigarette an diesem Tag an.

Nur Malisti, Bayner und DuBois wußten, wer Lawrence John Conner war.

Malisti war mein Vertreter auf Driscoll, und ich zahlte ihm soviel, daß er eigentlich über jede Bestechung erhaben sein mußte. Zugegeben, wenn man ihn unter Druck setzte . . . aber er hatte meine wahre Identität auch erst am Vortag erfahren. Eine so kurze Zeit reichte im allgemeinen nicht zu einer Erpressung aus.

Für Bayner gab es nichts, absolut nichts zu gewinnen, wenn er mich kaltzustellen versuchte. Wir waren Geschäftspartner, und überdies hatten wir beide soviel Geld, daß jedes Mißverständnis zwischen uns eine unpersönliche Sache bleiben würde. Er kam nicht in Frage.

Auch von DuBois hatte ich nicht den Eindruck, daß er mich verraten würde. Er wußte, wie schwer es war, gegen mich anzukämpfen. Schließlich hatte er es bereits versucht.

Mir fiel eine vierte Möglichkeit ein.

Wenn jemand Ruth entführt und gezwungen hatte, jenen ersten Brief an mich zu schreiben, dann konnte er sicher damit rechnen, daß ich auch diese Botschaft erhalten würde — immer vorausgesetzt, ich unternahm etwas. War das nicht der Fall, dann hatte er keinen Schaden davon.

Das erschien logisch.

Und es bedeutete, daß es hier auf Driscoll jemanden gab, dessen Namen ich brennend gern erfahren hätte.

Sollte ich hierbleiben und selbst Nachforschungen anstellen? Oder genügte es, wenn ich Malisti ins Vertrauen zog? Er brachte sicher rasch heraus, wer das letzte Foto abgeschickte hatte.

Wenn es sich jedoch nur um einen kleinen Fisch handelte und der Drahtzieher im verborgenen blieb? Vielleicht wußte der Mann, der den Umschlag abgeliefert hatte, nichts von seinem Auftraggeber.

Ich beschloß, Malisti auf die Fährte zu setzen und mir seinen Bericht nach Freiland schicken zu lassen.

»Alles Elend dieser Welt«, sagte Nick, der Zwerg, einmal zu mir, »kommt von der Schönheit.«

»Nicht von der Wahrheit oder Güte?« hatte ich entgegnet.

»Oh, sie tragen das ihre dazu bei. Aber die Schönheit ist das Hauptübel, das wahre Prinzip des Bösen.«

»Nicht der Reichtum?«

»Geld ist schön.«

»Das kann man von allen Dingen sagen, nach denen man sich gerade sehnt – einem Schluck Wasser, einer Mahlzeit, einem Beischlaf.«

»Eben!« schrie er und haute seinen Bierkrug so heftig auf die Tischplatte, daß sich die anderen Gäste nach uns umdrehten. »Gottverfluchte Schönheit!«

»Aber nicht jeder gutaussehende Mann . . .«

»Jeder!« schnitt er mir das Wort ab. »Die einen sind Schweinehunde, weil sie wissen, daß sie überall ans Ziel kommen, und die anderen fühlen sich nicht wohl in ihrer Haut, weil ihre weniger gutaussehenden Artgenossen sie hassen. Meistens enden sie als Schwule – und das alles wegen der verdammten Schönheit!«

»Und was ist mit schönen Dingen?«

»Entweder verzehren sich die Menschen vor Sehnsucht, oder sie werden zu Dieben. Verdammte . . .«

»Moment!« unterbrach ich ihn. »Ein Ding trägt doch nicht die Schuld daran, daß es schön ist – ebensowenig ein Mensch. Das hat die Natur so eingerichtet.«

Er zuckte mit den Schultern.

»Schuld? Wer redet von Schuld?«

»Du hast über das Prinzip des Bösen gesprochen. Das Böse hängt doch irgendwie immer mit Schuld zusammen.«

»Dann trägt die Schönheit die Schuld«, sagte er. »Verflucht nochmal!«

»Die Schönheit als abstrakter Begriff?«

»Jawohl!«

»Und in Menschen und Dingen?«

»Jawohl!«

»Das ist lächerlich. Schuld setzt Verantwortung voraus, eine gewisse Absicht . . .«

»Die Schönheit hat die Verantwortung.«

»Trink noch ein Bier!«

Er tat es und rülpste laut.

»Sieh dir den Fatzken dort drüben an der Theke an!« sagte er. »Ja, der Typ, der sich die Puppe mit dem grünen Kleid zu angeln versucht. Irgendwer poliert dem mal die Fresse. Wenn er häßlicher wäre, käme das nicht vor.«

Nick bewies dieses Argument kurze Zeit später. Er schlug dem Kerl die Nase blutig, weil er ihn »Shorty« genannt hatte. Nick maß etwa einen Meter zwanzig. Er hatte die Schultern und Arme eines stämmigen Athleten. Auch sein Kopf wirkte normal groß. Er hatte blondes Haar und einen blonden Vollbart und herrliche blaue Augen. Aber seine Nase war geknickt und schief, und wenn er sein boshaftes Lächeln aufsetzte, sah man eine Reihe fleckiger Zähne. Unterhalb der Taille war sein Körper verkümmert. Er stammte aus einem alten Soldatengeschlecht. Sein Vater war General gewesen, und seine Geschwister schlugen mit einer Ausnahme die militärische Laufbahn ein. In Nicks Familie gehörte die Kriegsführung zum Alltag. Nick konnte mit jeder Waffe umgehen. Er konnte fechten, schießen, reiten, Sprengsätze anbringen. Seine Handkantenschläge zersplitterten dicke Bretter und Halswirbel. Er fand sich in jeder Situation zurecht, und doch blieb ihm eine Soldatenkarriere verwehrt, weil er ein Zwerg war. Ich hatte ihn als Jäger angestellt. Ich brauchte jemanden, der meine mißglückten Experimente tötete. Nick haßte schöne Dinge und Dinge, die größer waren als er.

»Was wir schön finden, versetzt einem Rigelianer einen Schock – und umgekehrt.« Ich gab noch nicht auf. »Schönheit ist ein relativer Begriff. Du kannst sie nicht als abstraktes Prinzip verurteilen, wenn . . .«

»Quatsch!« fauchte er. »Auch wenn die Rigelianer einander wegen ganz anderer Dinge verprügeln, bestehlen und töten, der Grund bleibt der gleiche: Die Schönheit wartet darauf, daß man sie zerstört.«

Dann kam der Typ von der Theke auf dem Weg zur Toilette an uns vorbei und sagte: »Laß mich mal durch, Shorty!«

Das beendet unseren Abend in der Bar.

Nick war sich vollkommen sicher, daß er auf irgendeiner Safari eines gewaltsamen Todes sterben würde, aber sein Geschick ereilte ihn in einem Krankenhaus auf der Erde, wo man ihn wegen aller möglichen Leiden behandelte – ohne auf die Lungenentzündung zu achten, die er sich erst im Spital geholt hatte.

Das war jetzt an die zweihundertfünfzig Jahre her. Ich hatte zu den sechs Sargträgern gehört.

Ich drückte die Zigarette entschlossen aus und kehrte zum Gleiter zurück. Um die Vorgänge in Midi konnte sich Malisti kümmern. Für mich war es höchste Zeit zum Aufbruch.

Die Toten sind zu sehr unter uns.

Zwei Wochen lang trieb ich Gymnastik und dachte zwischendurch über die Dinge nach, die ich aufgedeckt hatte. Als ich dann Freiland erreichte, merkte ich, daß die Komplikationen kein Ende nahmen. Ein Satellit umkreiste meinen Planeten – und es war kein natürlicher Satellit.

WAS ZUM TEUFEL SOLL DAS AUSRUFEZEICHEN, erkundigte ich mich mit einem Geheimkode.

EIN BESUCHER, lautete die Antwort. ERBITTET LANDEGENEHMIGUNG STOP BISHER VERWEIGERT STOP GIBT NICHT AUF STOP KOMMT ANGEBLICH VOM TERRANISCHEN GEHEIMDIENST STOP.

SOLL LANDEN, entschied ich. ICH BIN IN EINER GUTEN HALBEN STUNDE BEI IHM STOP.

Ich erhielt die Bestätigung, schlug einen Orbit um Freiland ein und zog die *T* in einer engen Spirale nach unten. Nachdem mich meine Tiere stürmisch begrüßt hatten, ging ich ins Haus, nahm eine Dusche, legte die Conner-Maske ab und zog mich zum Abendessen um.

Es mußte etwas Wichtiges vorgefallen sein, wenn die reichste Regierung der Galaxis einen ihrer unterbezahlten Beamten in einem der schäbigsten interstellaren Kreuzer hierherschickte.

Ich schwor mir, ihn wenigstens gut herauszufüttern.

3

Lewis Briggs und ich sahen uns über den Tisch hinweg an. Zwischen uns befanden sich die Überreste eines üppigen Mahls. Den Ausweisen nach war er ein Agent der terranischen Geheimdienstzentrale. Mich erinnerte er irgendwie an einen glattrasierten Affen. Er war ein vertrocknetes Kerlchen mit aufdringlich neugierigen Augen und hatte allem Anschein nach die Pensionsgrenze längst erreicht. Als er sich vorstellte, hatte er ein wenig verlegen gestammelt, doch während des Essens fing er sich.

»Vielen Dank, Mister Sandow, für die ausgezeichnete Bewirtung«, begann er. »Darf ich nun das Thema anschneiden, das mich hierherbrachte?«

»Gut, aber gehen wir nach oben. Die frische Luft wird uns beiden guttun.«

Wir standen auf, nahmen unsere Gläser, und ich brachte ihn zum Lift.

Sekunden später betraten wir den Dachgarten. Ich deutete auf die Sitzgruppe unter der großen Kastanie. »Wie wäre es damit?« Er nickte und nahm Platz. Eine kühle Brise kam aus der Dämmerung. Ich atmete tief ein.

»Eindrucksvoll«, meinte er, und seine Blicke streiften die Bäume und Blumenrabatten, »wie Sie es verstehen, das Leben zu genießen.«

»Der Dachgarten ist so angelegt, daß mein Haus für Spähflugzeuge praktisch unsichtbar bleibt.«

»Oh, daran hatte ich gar nicht gedacht.«

Ich bot ihm eine Zigarre an, aber er lehnte ab. »Was wollen Sie also von mir?« fragte ich, nachdem ich mir selbst eine angesteckt hatte.

»Wären Sie bereit, mich auf die Erde zu begleiten und mit meinem Vorgesetzten zu sprechen?«

»Nein«, entgegnete ich. »Diese Frage habe ich in einem guten Dutzend Briefen klar beantwortet. Die Erde geht mir auf die Nerven. Ich halte es dort nicht aus. Deshalb lebe ich hier so abgeschieden. Der Planet, auf dem ich geboren wurde, ist heute übervölkert, bürokratisch, ungesund und leidet an so vielen Massenpsychosen, daß ich sie gar nicht alle aufzählen kann. Stellen Sie die Fragen, die sich Ihr Boß zurechtgelegt hat, und richten Sie ihm meine Antworten aus!«

»Normalerweise behandeln wir solche Dinge auf höherer Ebene.«

»Wenn es daran liegt, zahle ich die Gebühr für ein verschlüsseltes Kuriergramm.«

»Die Antwort käme zu teuer«, widersprach er. »Unser Etat, Sie verstehen . . .«

»Herrgott, dann übernehme ich auch das! Sie sehen, ich tue alles, wenn Sie mich nur in Zukunft mit Ihrer Briefschwemme verschonen!«

»Es geht nicht.« In seiner Stimme schwang eine Spur von Panik mit. »Wir haben so etwas noch nie gemacht.«

Arme Mutter Erde! So sehen also deine Wunderkinder aus! Da werden Regierungen ins Leben gerufen, sie blühen, stark ist ihr Nationalismus, und mächtig sind ihre Grenzen; dann kommt eine Zeit der Konsolidierung, der Arbeitsteilung bis zum Spezialistentum, der Verwaltungspyramide und der Befehlsketten – Max Webers Traum. Er sah die Bürokratie in der notwendigen Weiterentwicklung aller Ordnungssysteme, und er sah, daß sie gut war. Er sah damals noch nicht, daß sie Gott war. Doch es gibt einen Punkt in der Geschichte jeder Bürokratie, da sie zu einer Parodie ihrer Funktionen wird. Man bedenke nur, was die österreichisch-ungarische Verwaltungsmaschinerie mit Kafka anstellte – oder die russische mit Gogol. Sie brachten die Ärmsten um ihren Verstand. Aber nun stand ich einem Mann gegenüber, der einem viel brutaleren Räderwerk ausgeliefert war und es überlebt hatte. Das hieß für mich, daß seine Intelligenz unter dem Durchschnitt lag und er gefühlsarm, unsicher, moralisch suspekt oder ein Masochist war. Denn dieser unpersönliche Apparat, in dem sich das Leitbild von Vater und Mutter in seiner schlimmsten Form vereint – die Geborgenheit des Schoßes und die Autorität des allmächtigen Führers – zieht immer die geistig Minderbemittelten an. Und deshalb wiederhole ich: arme Mutter Erde! In der langen, langen Parade, die sich Zeit nennt, sind eben die Clowns vorübergezogen, und jeder weiß, daß sie innerlich irgendwie gebrochen sind.

»Dann sagen Sie mir, worum es geht!«

Er griff in die Innentasche seiner Jacke und zog ein versiegeltes Kuvert heraus, das diverse ›Geheim‹-Stempel trug.

»Falls Sie es ablehnen, mit mir auf die Erde zurückzukehren, soll ich Ihnen das hier aushändigen.«

»Was hätten Sie damit angefangen, wenn ich Sie begleitet hätte?«

»Es meinem Chef zurückgegeben.«

»Und er hätte es mir persönlich überreicht?«

»Das nehme ich an.«

Ich riß den Umschlag auf. Er enthielt ein einziges Blatt Papier.

Als ich die Schrift im Halbdunkel entziffert hatte, beherrschte ich mich eisern.

Auf dem Blatt standen die Namen von Leuten, die ich einst geliebt oder gehaßt hatte. Einst – denn sie lebten längst nicht mehr.

Und es waren die Namen der Leute, deren Fotos ich im Laufe des letzten halben Jahres erhalten hatte.

Ich sog an meiner Zigarre, faltete das Blatt zusammen und legte es auf den Tisch.

»Was bedeutet das?« fragte ich nach einer Weile.

»Theoretisch könnten sie alle am Leben sein«, erwiderte er. »Ich bitte Sie darum, die Liste zu vernichten.«

»In Ordnung.« Ich machte eine Pause. »Weshalb könnten sie theoretisch am Leben sein?«

»Ihre Rückruf-Matrizen wurden gestohlen.«

»Wie denn?«

»Das wissen wir nicht.«

»Und warum?«

»Auch das wissen wir nicht.«

»Und Sie kommen nun zu mir . . .«

»Weil Sie das einzige Bindeglied sind, das wir finden konnten. Sie kannten alle diese Menschen – sehr gut.«

Meine erste Reaktion war Skepsis, aber ich sagte nichts. Ich hatte ein einziges Mal versucht, an eine Rückruf-Matrix heranzukommen. Es war mir weder gelungen, die Wächter zu bestechen, noch mit Gewalt in die Stahlkammern einzudringen, wo die Dinger dreißig Tage lang aufbewahrt und dann gelöscht wurden. Seitdem glaubte ich, daß sie unerreichbar seien.

Auch das ist einer der Gründe, weshalb ich mich nicht gern auf die Erde begebe. Der Gedanke, eine Kennschablone zu tragen, und sei es nur für kurze Zeit, stößt mich ab. Jedem Terraner wird kurz nach der Geburt so ein Ding implantiert, und er ist gesetzlich verpflichtet, es zu tragen, solange er auf der Erde weilt. Einwanderer erhalten sie nachträglich, und selbst Besucher müssen sie für die Dauer ihres Aufenthalts tragen.

Diese Kennschablonen enthalten die elektromagnetische Matrix des Nervensystems. Jede von ihnen ist so typisch und unverwechselbar wie ein Fingerabdruck. Ihre einzige Funktion ist es, diese Matrix im Augenblick des Todes auf ein Band zu übertragen, das von einer riesigen Maschine gespeichert und nach dreißig Tagen vernichtet wird. Im allgemeinen.

Der Zweck dieses sonderbaren und kostspieligen Aufbaus ist folgender: Es gibt Menschen, die das Tal der Tränen zu einem äußerst ungünstigen Moment verlassen – nämlich, während sie sich im Alleinbesitz von Informationen befinden, die äußerst wichtig für die Wirtschaft, Technik oder nationale Sicherheit der Erde sind. Das Schablonensystem dient dazu, solche Informationen zurückzuholen. Selbst die mächtigste Maschine ist jedoch nicht in der Lage, die Daten von der gespeicherten Matrix abzulesen. Deshalb befindet sich von jedem Schablonenträger irgendwo eingefroren eine Gewebekultur-Probe, die man zusammen mit der gespeicherten Matrix dreißig Tage aufhebt und dann vernichtet. Erweist sich jedoch ein Rückruf als notwendig, dann entwickelt man aus der Gewebekultur in einem Spezialtank einen neuen Körper, der mit dem Original identisch ist – bis auf einen Punkt: das Gehirn ist noch völlig ungeprägt. Erst mit Hilfe der Rückruf-Matrix erhält der Wiedererweckte jeden Gedanken und jede Erinnerung des Verstorbenen, und er ist in der Lage, die heißbegehrten Informationen zu liefern. Ein undurchdringliches Sicherheitsnetz umgibt die Anlage, die sich in Dallas befindet.

»Glauben Sie, daß ich die Bänder gestohlen habe?« fragte ich.

»Sie müssen zugeben, daß alles auf Sie hindeutet.«

»Ja, aber ich war es nicht.«

»Immerhin erhob man einmal Anklage gegen Sie, weil Sie mit Hilfe von Bestechungen an die Matrix Ihrer ersten Frau Katherine heranzukommen versuchten. Der Beamte blieb damals korrekt.«

»Das ist allgemein bekannt, also kann ich es nicht leugnen. Aber die Anklage wurde niedergeschlagen.«

»Weil Sie eine Menge schlechter Zeitungen und guter Anwälte auf Ihrer Seite hatten! Obendrein gelang es Ihnen nicht, das Band zu entwenden. Es vergingen Jahre, bis wir herausfanden, daß es gestohlen und nicht, wie wir geglaubt hatten, nach dreißig Tagen vernichtet wurde. Leider hatten wir keine Beweise gegen Sie, und es gelang uns auch nicht, Sie zu erreichen.«

Ich lächelte über das Wort »erreichen«. Auch ich habe mein Sicherheitssystem.

»Und was hätte ich Ihrer Meinung nach mit dem Band angefangen?«

»Sie sind ein reicher Mann, Mister Sandow – reich genug, um das Rückrufsystem zu kopieren. Und bei Ihrem Wissen . . .«

»Ich gebe zu, daß ich früher einmal mit dem Gedanken spielte. Aber ich kam nicht an das Band heran.«

»Dann erklären Sie mir das Verschwinden der anderen Matrizen! Es waren alles Leute, die eine besondere Beziehung zu Ihnen hatten.«

»Ich bin mein eigener Herr und schulde Ihnen überhaupt keine Erklärung. Aber ich sage Ihnen das eine: Ich habe nichts mit der Sache zu tun. Ich besitze die Bänder nicht und besaß sie nie. Ich hatte bis vor einer halben Stunde keine Ahnung, daß sie fehlten.«

Aber bei Gott, es waren die sechs . . .

»Gut, ich will Ihnen glauben«, entgegnete Briggs. »Aber haben

Sie irgendeinen Anhaltspunkt? Wer würde sich soviel Mühe machen — um Menschen, die Ihnen nahegestanden haben?«

»Ich weiß es nicht.« Aber ich sah die Toteninsel vor mir, und ich nahm mir fest vor, es bald herauszubringen.

»Darf ich vielleicht darauf hinweisen, daß die Akte offenbleibt, bis der Fall zu unserer Zufriedenheit gelöst ist?«

»Sie dürfen«, erklärte ich. »Aber wenn Sie die Frage gestatten — wie viele offene Akten liegen zur Zeit bei Ihnen herum?«

»Die Zahl tut nichts zur Sache«, sagte er. »Es geht um das Prinzip. Wir geben nie auf.«

»Soviel ich weiß, sind es nicht wenige — und ein paar haben bereits Schimmel angesetzt.«

»Sie wollen also nicht mit uns zusammenarbeiten?«

»Wollen schon — aber ich kann es nicht. Ich stehe wie Sie vor einem Rätsel.«

»Und Sie kommen nicht mit mir auf die Erde?«

»Damit Ihr Boß jedes Ihrer Worte wiederholt? Nein, vielen Dank. Richten Sie ihm aus, daß es mir leid tut. Ich würde ihm gern helfen, aber in dieser Angelegenheit weiß ich wirklich nichts.«

»Also schön, dann ist meine Mission beendet. Nochmals vielen Dank für die Bewirtung.«

Er stand auf.

»Sie können gern hier übernachten«, bot ich ihm an. »Ein bequemes Bett wird Ihnen vor der langen Reise guttun.«

»Danke, aber das geht leider nicht. Ich erhalte Tagesspesen und muß genau abrechnen.«

»Wie machen Sie das, wenn Sie im Hyperraum sind?«

»Das ist sehr kompliziert.«

Ich wartete also auf den Postboten. Mein Postbote ist eine große Bildfunkmaschine, die sämtliche Botschaften innerhalb des Freiland-Systems auffängt und sie in Briefe umwandelt. Diese Briefe gehen an A & S weiter, werden sortiert und landen schließlich in meinem Eingangskorb. Während ich wartete, traf ich meine Vorbereitungen für Illyria. Ich hatte Briggs keine Sekunde aus den Augen gelassen. Ich brachte ihn persönlich zu seinem Schiff und beobachtete, wie er das System verließ. Vielleicht sah ich ihn irgendwann wieder — wenn ich herausgefunden hatte, was sich auf Illyria abspielte, und wenn meine Neugier sich nicht als tödlich erwies. Es war offensichtlich, daß man mich nicht zu einer Party auf die

Toteninsel einlud. Deshalb drehten sich meine Vorbereitungen auch hauptsächlich um die Wahl der richtigen Waffen. Und während ich mein Arsenal zusammenstellte, dachte ich über die Rückrufmatrizen nach.

Briggs hatte natürlich recht. Nur jemand mit sehr viel Geld konnte das Verfahren kopieren. Dazu kam ein ziemlicher Aufwand an Forschungsarbeit, denn die wissenschaftlichen Grundlagen waren streng geheim. Ich ging meine Konkurrenten durch. Douglas? Nein. Er haßte mich, aber er würde sich wohl kaum die Mühe machen, mich auf so komplizierte Weise umzubringen. Krellson? Dem traute ich es zu, aber ich überwachte ihn so scharf, daß er bestimmt keine Gelegenheit zu einem Unternehmen dieser Größenordnung hatte. Lady Quoil von Rigel? Die alte Dame war inzwischen so senil, daß ihre Töchter das Imperium übernommen hatten. Sie würden ihr einen derart kostspieligen Rachefeldzug nicht zugestehen, das wußte ich genau. Wer dann?

In meinen Aufzeichnungen konnte ich in letzter Zeit nirgends eine Transaktion entdecken. So schickte ich ein Kuriergramm an die zentrale Registratur. Doch bevor die Auszüge eintrafen, erhielt ich Marlings Antwort.

»Komm sofort nach Megapei!« lautete sie, und das war alles. Keine der blumigen Formeln, die so typisch für den Stil der Pei'an waren. Nur der eine knappe Satz. Ich spürte die Dringlichkeit, die hinter den Worten steckte. Entweder ging es Marling schlechter, als er geglaubt hatte, oder er war auf eine heiße Spur gestoßen.

Ich hinterließ noch die Anweisung, daß die Auszüge der zentralen Registratur nach Megapei weitergeleitet werden sollten; dann machte ich mich auf den Weg nach Megapei.

4

Megapei. Wenn man sich einen Platz zum Sterben aussucht, dann soll er schön sein. Diesen Leitspruch befolgten die Pei'an, und ich halte sie für sehr weise. Wie man mir erzählte, war es ein öder Planet, als sie ankamen. Aber sie verwandelten ihn in einen Garten Eden, bevor sie sich niederließen, um ihr Ende abzuwarten.

Megapei hat einen Durchmesser von etwa siebentausend Meilen, mit zwei ausgedehnten Kontinenten im Norden und drei kleineren im Süden. Der größere der Nordkontinente erinnert an eine Teekanne mit zerbrochenem Henkel, die zum Eingießen schräg gehalten wird; der andere sieht aus wie ein Efeublatt, an dessen Nordwestrand eine hungrige Raupe ein großes Stück herausgefressen hat. Diese beiden Landmassen sind an die achthundert Meilen voneinander getrennt, und die Spitze des Efeublattes taucht etwa fünf Grad in die tropische Zone. Die Teekanne hat etwa die Größe Europas. Die drei Kontinente im Süden sehen wie normale Kontinente aus; unregelmäßig geformte graugrüne Landbrocken, umgeben von einer Kobaltsee. Dann gibt es noch eine Menge Inseln über den ganzen Planeten verstreut. Die Eisdecken an den Polen sind klein und haben kaum Verbindung zum Festland. Es herrscht ein angenehmes Klima, da Ekliptik und Äquator fast zusammenfallen. Alle Kontinente besitzen helle Strände und stille Berge und dazwischen die schönsten Landschaften, die man sich vorstellen kann. So wollten es die Pei'an.

Nirgends gibt es große Städte; auch Megapei (eigentlich eine Insel in der herausgenagten Bucht des Efeublatt-Kontinents Megapei) ist nicht groß. Zwischen den einzelnen Wohnsitzen liegen weite Abstände.

Mein Schiff umkreiste die Welt zweimal, weil ich mich nicht sattsehen konnte an dem Juwel. Ich entdeckte keine einzige schwache Stelle. Die Pei'an waren und blieben meine Lehrmeister, wenn es um die alte Kunst ging.

Erinnerungen strömten auf mich ein, aus jenen vergangenen glücklichen Tagen, als ich noch nicht reich, berühmt und verhaßt gewesen war. Der Planet zählte nur eine knappe Million Bewohner. Man konnte sich dort unten verbergen – ich hatte es schon einmal getan – und den Rest seines Lebens in Frieden verbringen. Ich wußte, daß ich es nicht tun würde. Noch nicht. Aber wer hängt nicht hin und wieder seinen Träumen nach?

Beim zweiten Orbit drang ich in die Atmosphäre ein. Nach kurzer Zeit sangen die Winde um mich, der Indigohimmel nahm einen violetten Schimmer an und dann ein tiefes, reines Blau.

Der Landestreifen gehörte zu Marlings Besitz. Ich nahm das Nötigste in einem kleinen Koffer mit, versiegelte das Schiff und machte mich auf den Weg zu Marlings Wohnturm, der etwa eine Meile entfernt war.

Ich pfiff leise vor mich hin, als ich den vertrauten, von Bäumen abgegrenzten Weg entlangschlenderte, und ein Vogel nahm die Melodie auf. Ich konnte das Meer riechen, auch wenn ich es nicht sah. Alles war so wie damals, als ich mir die unmögliche Aufgabe gestellt hatte, mit den Göttern zu ringen. Ich hatte zu jener Zeit Vergessen gesucht und etwas ganz anderes gefunden.

Erinnerungen tauchten auf, wie verschwommene Dias, die plötzlich scharf eingestellt werden: ein großer, moosüberwachsener Felsblock, ein *Perton*-Baum, ein scheuer *Crybbl* (eine Mischung aus Windspiel und Pony, mit langen Wimpern, einer Lavendelhaut und einer rosa Mähne), ein gelbes Segel, sobald die See in Sicht kam, Marlings Pier unten in der Bucht und schließlich der Wohnturm selbst, malvenblau, heiter und streng zugleich, hoch über dem Klatschen der Wellen, unter einem hellen Himmel, glatt wie Elfenbein und viel, viel älter als ich.

Ich rannte die letzten hundert Meter und hämmerte gegen das Gittertor an der Mauer des kleinen Innenhofs.

Etwa zwei Minuten später kam ein fremder junger Pei'an an die Pforte und sah mich schweigend an. Ich grüßte in seiner Sprache. »Mein Name ist *Dra* Sandow. Ich komme, um *Dra* Marling einen Besuch abzustatten.« Darauf öffnete der Pei'an das Tor. Erst als ich eingetreten war (so schreibt es die Sitte vor), erwiderte er:

»Du bist willkommen, *Dra* Sandow. *Dra* Marling wird dich empfangen, wenn die Gezeitenglocke läutet. Darf ich dich inzwischen in ein Gästezimmer bringen, damit du ausruhen und dich erfrischen kannst?« Ich dankte ihm, und er führte mich über die schmale Wendeltreppe nach oben.

Ich nahm einen leichten Imbiß zu mir. Bis zum Gezeitenwechsel war es noch eine gute Stunde. So zündete ich mir eine Zigarette an und starrte durch das breite, niedrige Fenster auf das Meer hinaus.

Merkwürdig, so ein Leben zu führen, sagen Sie? Eine Rasse, die hochbegabt ist, ein Mann wie Marling, der Welten bauen kann? Vielleicht. Marling hätte reicher als ich und Bayner zusammen sein können, wenn es ihm darauf angekommen wäre. Aber er entschied sich für einen Turm auf einer Klippe über dem Meer, in dem er seinen Lebensabend verbringen wollte. Es gab genug ethische Gründe für seinen Entschluß — die vielen überzivilisierten Rassen, welche die Galaxis überfluteten, oder die Flucht vor der lauten Welt überhaupt —, aber sie spielten nur eine untergeordnete Rolle. Er war hier, weil er hier sein *wollte*, und daran gab es nichts zu rütteln. Marling und ich sind verwandte Seelen, auch wenn unsere Wohnsitze starke Unterschiede aufweisen. Er erkannte das früher als ich; ich begreife heute noch nicht, woher er wußte, daß in dem gebrochenen Fremden, der eines Tages vor seiner Tür stand, die Kraft wohnte ...

Des Herumwanderns müde, verängstigt vom Lauf der Zeit, hatte ich mich aufgemacht, um Rat bei der ältesten Rasse der Galaxis zu suchen. Wie sehr ich am Ende war, läßt sich kaum beschreiben. Alles ringsum sterben zu sehen — ich glaube nicht, daß sich jemand vorstellen kann, was das bedeutet. Also ging ich nach Megapei. Soll ich ein wenig von mir erzählen? Warum nicht? Während ich auf die Glocke wartete, ließ ich mein Leben noch einmal vorüberziehen.

Ich bin auf der Erde geboren, in der zweiten Hälfte des zwanzigsten Jahrhunderts, zu einer Zeit, als der Mensch viele der Hemmungen und Tabus abstreifte, die ihm die Tradition auferlegt hatte. Ich genoß das eine Weile und merkte dann, daß es überhaupt keinen Unterschied machte. Der Mensch war und blieb sterblich, und das stellte sein Hauptproblem dar. Ich verließ das College schon nach einem Jahr, weil ich eingezogen wurde, zusammen mit meinem kleinen Bruder, der eben erst die High School hinter sich hatte. So fand ich die Tokio-Bucht. Nach dem Krieg schloß ich mein Studium als Ingenieur ab, entdeckte, daß meine Berufswahl ein Fehler gewesen war, und fing noch einmal von vorne an, diesmal mit Medizin. Irgendwann dazwischen packten mich dann die sogenannten Lebenswissenschaften. Ich machte mein Diplom in Biologie und wandte mich der Ökologie zu. Ich war sechsundzwanzig, und wir zählten das Jahr 1991. Mein Vater lebte nicht mehr, und meine Mutter hatte noch einmal geheiratet. Ich verliebte mich in ein Mädchen, aber sie wies mich ab, und so meldete ich mich freiwillig für eine der ersten Expeditionen zu einem fremden Sonnensystem. Jetzt erwies sich meine Unentschlossenheit beim Studium als Vorteil. Man nahm mich wegen meines vielseitigen Wissens, und ich wurde für die hundertjährige Reise eingefroren. Wir gelangten tatsächlich nach Burton und errichteten dort eine Kolonie. Ein knappes Jahr nach unserer Ankunft holte ich mir jedoch eine lokale Krankheit, für die es weder einen Namen noch eine Therapie gab. Man fror mich erneut ein, damit ich im Tiefschlaf abwarten konnte, bis man eine Heilmethode gefunden hatte. Zweiundzwanzig Jahre später war es soweit. Inzwischen waren acht Schiffsladungen Siedler eingetroffen, und eine völlig neue Welt umgab mich. Im gleichen Jahr kamen vier weitere Schiffe an, aber nur zwei davon blieben. Die anderen beiden wollten zu einer jüngeren Kolonie, die sich noch weiter draußen befand. Es gelang mir, den Platz eines Mannes zu ergattern, der unterwegs in Panik geraten war und wieder zurück auf die Erde wollte. Ich hielt es für eine einmalige Gelegenheit. Weshalb es mich hinaustrieb? Zum einen, weil meine Umgebung inzwischen gezähmt war, ohne daß ich dabei mitgeholfen hatte, zum anderen aus Neugier. An das Gesicht oder den Namen des Mädchens, das einst der Anstoß zu meinem Entschluß gewesen war, erinnerte ich mich längst nicht mehr. Wieder lag ich hundertfünfundzwanzig Jahre im Tiefschlaf, und als wir ankamen, entdeckte ich, daß es mir ganz und gar nicht gefiel. So bewarb ich mich um einen Platz bei der bisher größten Expedition unserer Rasse, die in acht Monaten (das entsprach zweihundertsechsundsiebzig Jahren Tiefschlaf) nach Bifrost führen sollte. Wir hatten den Auftrag, dort einen Außenposten der Menschheit zu errichten. Bifrost war rauh und unwirtlich und jagte mir Angst ein, und ich kam allmählich zu der Überzeugung, daß ich mich nicht als Kolonist eignete. Ich machte noch eine Reise mit, um dieser öden Welt zu entkommen, und dann war es plötzlich zu spät. Überall wimmelte es von Menschen, wir hatten Kontakte zu intelligenten Fremdrassen aufgenommen, interstellare Reisen schrumpften von Jahrhunderten auf Monate und Wochen zusammen, und die Lebenserwartung stieg unaufhaltsam. Komisch? Ich fand es anfangs komisch. Ich hielt es für einen Riesenwitz. Dann entdeckte jemand, daß ich der einzige Überlebende des zwanzigsten Jahrhunderts und vermutlich der älteste Mensch überhaupt war. Man erzählte mir, wie es auf der Erde aussah. Man zeigte mir Bilder. Da verging mir das Lachen. Die Erde war eine fremde Welt geworden. Ich fühlte mich plötzlich sehr allein. Alles, was ich gelernt hatte, erschien überholt, mittelalterlich. Was tat ich also? Ich kehrte auf die Erde zurück, um mich selbst umzusehen. Ich drückte noch einmal die Schulbank und fand heraus, daß mein Gehirn durchaus imstande war, all das Neue aufzunehmen. Dennoch hatte ich ständig Angst. Ich spürte irgendwie, daß ich nicht zu den anderen gehörte. Ich kam mir wie ein Fremdkörper vor. Dann hörte ich von den Pei'an, einer uralten, weisen Rasse, für die unsere Fortschrittswunder Kinderkram waren. Der Gedanke, daß ich bei ihnen Frieden finden könnte, packte mich und ließ mich nicht mehr los. So ging ich nach Megapei, dem Planeten, dem Kontinent, in die Stadt Megapei. Halb von Sinnen lief ich zum erstbesten Wohnturm, klopfte solange an die Pforte, bis jemand öffnete, und sagte: »Bitte, lehrt mich euer Wissen!«

Ich hatte Marling aufgesucht, ohne es zu ahnen – Marling, einen der sechsundzwanzig Namen, die lebten.

Als die Gezeitenglocke läutete, kam der junge Pei'an und führte mich nach oben, bis ans Ende der Wendeltreppe. Er betrat Marlings Raum.

»*Dra* Sandow wartet.«

»Er möge eintreten.«

Der junge Pei'an winkte mir zu und zog sich zurück.

»Danke.«

Ich blieb einen Moment lang auf der Schwelle stehen.

Marling saß mit dem Rücken zu mir und starrte aufs Meer hinaus. Ich hatte gewußt, daß ich ihn so antreffen würde. Die drei größeren Wände seines fächerförmigen Raumes bestanden aus einem blaßgrünen, jadeähnlichen Material. An der Schmalseite befand sich eine riesige, leicht verstaubte Konsole. Und auf dem Tisch neben dem niedrigen, langgestreckten Bett erblickte ich die vertraute rötliche Statue, die einen emporschnellenden Delphin zeigte.

»Ich grüße dich, *Dra*«, sagte ich.

»Komm hierher, wo ich dich sehen kann.«

Ich trat vor ihn. Er war schmaler geworden, und seine Haut hatte einen dunkleren Ton angenommen.

»Du hast dich beeilt«, stellte er fest. Seine Blicke musterten mich aufmerksam.

Ich nickte.

»Ich las das Wort ›sofort‹ in deiner Botschaft.«

Er zischelte. Das entsprach einem leisen Lachen. »Wie hast du das Leben behandelt?«

»Mit Demut und Ehrfurcht.«

»Und was macht deine Arbeit?«

»Im Moment sehe ich mich gerade um.«

»Setz dich.«

Er deutete auf die Bank neben dem Fenster, und ich kam seiner Aufforderung nach.

»Erzähle, was sich zugetragen hat.«

»Fotos«, begann ich. »Ich erhalte in letzter Zeit ständig Fotos von Menschen, die ich kannte und die längst tot sind. Sie alle starben auf der Erde, und ich erfuhr erst kurz vor meiner Reise hierher, daß jemand ihre Rückruf-Matrizen gestohlen hat. Es ist also durchaus möglich, daß sie irgendwo leben. Dann bekam ich das da.«

Ich reichte ihm die Botschaft, die mit ›Green Green‹ unterschrieben war. Er hielt den Zettel dicht an die Augen und las die Zeilen langsam durch.

»Weißt du, wo die Toteninsel ist?« fragte er.

»Ja — auf einer Welt, die ich geschaffen habe.«

»Du gehst hin?«

»Mir bleibt keine andere Wahl.«

»Green Green dürfte Gringrin-tharl von Dilpei sein. Er haßt dich.«

»Warum? Ich kenne ihn nicht einmal.«

»Das ist ohne Bedeutung. Es kränkt ihn, daß es dich gibt, und so versucht er sich zu rächen. Es ist traurig.«

»Das kann man wohl sagen, besonders wenn er Erfolg damit haben sollte. Aber weshalb kränkt ihn die Tatsache meiner Existenz?«

»Du bist der einzige Fremde, der einen Namen trägt. Früher hieß es, daß nur die Pei'an mit dem Stoff des Lebens umgehen könnten — und auch von ihnen nur die besonders Begnadeten. Gringrin machte die Lehre. Er sollte der siebenundzwanzigste sein. Aber beim letzten Test versagte er.«

»Beim letzten Test? Ich dachte, das sei mehr oder weniger Formsache.«

»Nein. Das mag dir so erschienen sein, aber es ist nicht so. Man nahm ihn nicht auf, obwohl er ein halbes Jahrhundert bei Delgren von Dilpei studiert hatte. Er zeigte sich verbittert darüber. Und er sprach oft von der Tatsache, daß der letzte Namensträger nicht einmal ein Pei'an sei. Dann verschwand er von Megapei. Mit seinem Können wurde er natürlich bald wohlhabend.«

»Wie lange ist das her?«

»An die sechshundert Jahre, wenn ich mich nicht täusche.«

»Und du glaubst, er hat mich all die Zeit hindurch gehaßt und auf Rache gesonnen?«

»Ja. Es bestand kein Grund zur Eile. Eine gute Rache erfordert eine gründliche Vorbereitung.«

Es ist immer merkwürdig, wenn man einen Pei'an so reden hört. So unendlich hoch ihre Kultur auch steht, sie haben die Rache mit zu ihrem Lebensinhalt gemacht. Das ist ohne Zweifel einer der Gründe, weshalb es so wenige Pei'an gibt. Einige von ihnen führen sogar Rachebücher, lange Listen der Feinde, denen sie eine Abreibung erteilen wollen. Eine Rache ist nur dann etwas wert, wenn sie sorgfältig geplant und erst viele Jahre nach der eigentlichen Kränkung in die Tat umgesetzt wird. Der Hauptgenuß besteht in der Vorfreude, wie man mir erklärte. Das Ergebnis – Tod, Wahnsinn, Verstümmelung oder Demütigung des Opfers – kommt erst an zweiter Stelle. Marling vertraute mir einmal an, daß sich drei seiner Rachefeldzüge über tausend Jahre hingezogen hatten, und das war beileibe kein Rekord. Wie gesagt, die Pei'an betrachten die Rache als Lebensinhalt. Sie tröstet und ist in mageren Zeiten ein schönes Thema zur Meditation; Schritt für Schritt, jedesmal ein kleiner Triumph, kommt man der Zeit der Erfüllung näher, und man erfährt ein ästhetisches Vergnügen – manche sagen sogar ein mystisches Erlebnis –, wenn dann endlich der sorgfältig geschmiedete Hammer niedersaust. Kinder lernen das System von klein auf, damit sie als Erwachsene damit ganz vertraut sind. Ich selbst hatte mir das Wesentliche in aller Eile angeeignet, aber die besonderen Feinheiten durchschaute ich heute noch nicht.

»Was schlägst du vor?« fragte ich.

»Da es sinnlos wäre, der Rache eines Pei'an zu entfliehen«, erklärte Marling, »ermittelst du am besten seinen Aufenthalt und forderst ihn zu einem Gang durch die Finsternis der Seele heraus. Ich verschaffe dir ein paar frische *Glitten*-Wurzeln, bevor du aufbrichst.«

»Vielen Dank, aber ich glaube, daß ich das nicht kann.«

»Es ist einfach. Einer von euch wird den Tod finden, und damit sind eure Probleme gelöst. Wenn er also auf deinen Vorschlag eingeht, besteht für dich kein Grund zur Sorge. Stirbst du, dann wird dich mein Klan rächen.«

»Danke, *Dra.*«

»Bitte, das ist selbstverständlich.«

»Und was hat Belion mit Gringrin zu tun?«

»Er ist bei ihm.«

»Wie kommt das?«

»Die beiden werden einen Pakt ausgehandelt haben.«

»Und ...«

»Das ist alles, was ich weiß.«

»Glaubst du, daß er meine Herausforderung annimmt?«

»Ich kann es nicht sagen.« Dann: »Betrachten wir das Ansteigen der Flut!« Ich starrte zum Fenster hinaus. Erst nach einer halben Stunde ergriff er wieder das Wort: »Das ist alles.«

»Alles?«

»Ja.«

Dunkelheit zog herauf. Die Segel verschwanden. Ich hörte das Meer, ich roch es, und in der Ferne sah ich seine wogende sternüberstreute Masse heranrollen. Ich wußte, daß bald ein unsichtbarer Vogel kreischen würde, und so geschah es. Lange dachte ich nach, über Dinge, die ich vergessen, und über andere, die ich nie ganz verstanden hatte. Mein Großer Baum stürzte um, das Tal der Schatten verblaßte, und die Toteninsel war ein Felsbrocken, den ich in die Bucht hinausschleuderte, wo er lautlos versank. Ich war allein, absolut allein. Ich wußte, was er als nächstes sagen würde, und kurze Zeit später sprach er die Worte aus.

»Begleite mich in dieser Nacht auf die Reise.«

»Dra . . .«

Nichts.

»Muß es *diese* Nacht sein?«

Nichts.

»Wo wird Lorimel, der Vielfingrige, nun wohnen?«

»Im glücklichen Nichts, um wiederzukehren . . . wie immer.«

»Deine Schulden, deine Feinde?«

»Die Schulden sind beglichen, die Feinde besiegt.«

»Es war von der fünften Jahreszeit die Rede.«

»Das hat sich nun geändert.«

»Wir werden die Nacht im Gespräch verbringen, Erdensohn, damit ich dich noch vor Sonnenaufgang in die letzten Geheimnisse einweihen kann. Setz dich hierher!« Und ich nahm zu seinen Füßen Platz wie damals, in jenen Tagen, die ich nur noch durch den Schleier der Erinnerung sah. Er begann zu sprechen, und ich schloß die Augen und hörte zu.

Er wußte, was er tat. Er war fest entschlossen. Dennoch spürte ich Furcht und Trauer. Er hatte mich zu seinem Führer erwählt. Es war die höchste Ehre, die er mir erweisen konnte, und ich war sie nicht wert. Ich hätte das Wissen, das er mir vermittelte, besser nützen können. Ich hatte viel falsch gemacht. Er wußte es, und doch hatte er mich gewählt. Damit trat er neben meinen Vater, der nun seit mehr als tausend Jahren tot war. Auch er hatte mir meine Fehler verziehen.

Die Furcht und die Trauer . . .

Warum jetzt?

Warum hatte er diesen Augenblick gewählt?

Weil es vielleicht die letzte Möglichkeit war.

Marling glaubte, daß ich mich auf ein Wagnis einließ, bei dem ich den Tod finden konnte. Dies war also unser letztes Zusammensein. »Jedermann, komm, ich will mit dir gehn, und in der ärgsten Not an deiner Seite stehn.«

Wir sprachen nicht über die Furcht und die Trauer. Es wäre unpassend gewesen. Wir sprachen eine Zeitlang von den Welten, die wir geformt hatten, von all den Plätzen, die unter unseren Händen entstanden waren. Wir sprachen davon, was es bedeutet, Steine in Leben zu verwandeln, von dem Wissen, das man dazu benötigt, und der Kunst. Denn das Spiel der Ökologie ist komplizierter als Schach, es läßt sich auch nicht durch den besten Computer vorausberechnen. Der Grund dafür liegt wohl darin, daß es sich eher um ästhetische als um wissenschaftliche Probleme handelt. Gewiß, man setzt sein ganzes Denkvermögen ein, aber der eigentlich entscheidende Faktor ist etwas anderes: ein Hauch von Inspiration. Wir dachten darüber nach, und von der See her wehte der Nachtwind so kalt, daß ich die Fenster schloß und ein kleines Feuer entfachte. Die Flammen brannten rein und hell. Ich kann mich nicht an die Worte erinnern, die während der letzten Stunden fielen. Aber die Bilder sind in meinem Innern, verklärt durch die Zeit und den Abstand.

Der Morgen graute. Eine Weile warteten wir noch, dann stand er auf und holte mir die *Glitten*-Wurzeln. Wir trafen die letzten Vorbereitungen.

Etwa drei Stunden später rief ich die Diener. Ich befahl ihnen, Klageweiber zu mieten und ein paar Leute voraus in die Berge zu schicken, damit sie die Familiengruft öffneten. Von seinem Arbeitszimmer aus sandte ich formelle Botschaften an die fünfundzwanzig Namen, die lebten, und an all die Bekannten, Freunde und Angehörigen, deren Teilnahme an der Bestattung er gewünscht hatte. Nachdem ich den welken, dunkelgrünen Leichnam präpariert hatte, ging ich in die Küche und nahm eine Kleinigkeit zu mir. Anschließend schlenderte ich hinunter an den hellen Strand. Purpurne und gelbe Segel standen wieder am Horizont. Ich fand einen Tümpel, den die Flut zurückgelassen hatte, setzte mich an seinen Rand und rauchte eine Zigarette.

Ich war erstarrt. Anders läßt es sich nicht ausdrücken. Schon einmal war ich zu jenem Ort gewandert, von dem ich eben zurückkehrte, und wie damals spürte ich, daß sich etwas unauslöschlich in meine Seele gebrannt hatte. Jetzt wünschte ich die Furcht und die

Trauer herbei – irgendein Gefühl. Aber ich spürte nichts, nicht einmal Zorn. Das alles würde später kommen, ich wußte es; aber im Augenblick war ich zu jung dafür oder zu alt.

Weshalb zog der Tag so herrlich herauf, und weshalb schimmerte die See so hell? Weshalb prickelte die Luft so angenehm salzig in meinem Innern, und weshalb klangen die Laute des Lebens, die sich im Wald regten, wie Musik in meinen Ohren? Die Natur ist nicht so einfühlsam, wie es die Dichter gern hinstellen. Nur Mitgeschöpfe machen sich manchmal etwas daraus, wenn man die Tür schließt und nicht mehr öffnet. Es war meine Pflicht, in Megapei zu bleiben und den tausendjährigen Flöten Lorimels, des Vielfingrigen, zu lauschen. Sobald die Litanei ausklang, würde sich Shimbo mit den anderen in die Berge begeben, in einem langen Trauerzug, und ich, Francis Sandow, würde zusehen, wie sich die Gruft nach und nach schloß, grau, anthrazit, schwarz. Und wenn ich die Angelegenheit meines Lehrmeisters in Ordnung gebracht hatte, würde ich zu meiner eigenen Reise aufbrechen. Falls sie ebenso endete – nun ja, so ist das Leben.

Das waren meine düsteren Gedanken an einem strahlenden Morgen. Ich erhob mich und kehrte zum Turm zurück.

In den nächsten Tagen ging Shimbo wieder über die Welt. Ich erinnere mich wie im Traum an den Donner. An den Donner und die Flötenklänge und die feurigen Hieroglyphen der Blitze jenseits der Berggipfel. Diesmal weinte die Natur, denn Shimbo zwang sie dazu. Ich erinnere mich an die graugrüne Prozession, die über den gewundenen Pfad den Berg hinaufstieg, durch den Wald, immer höher, bis der Humus nacktem Stein wich. Während ich dem quietschenden Karren folgte, mit dem Kopfschmuck der Namensträger, eine Trauerstola über den Schultern, trug ich eine Maske Lorimels in den Händen. Der Gott hatte die Augen verbunden. Sein Licht würde nie mehr im Schrein leuchten, bis ein anderer seinen Namen annahm. Aber ich weiß, daß es in jedem Heiligtum des Universums aufflammte, als Marling hinüberschied. Dann schloß sich die Gruft, grau, anthrazit, schwarz. Ein seltsamer Traum, nicht wahr?

Als alles vorbei war, blieb ich eine Woche lang in Marlings Turm, wie man es von mir erwartete. Ich fastete und meditierte. Während dieser Zeit erreichte mich eine Botschaft der zentralen Registratur. Ich las sie erst am Wochenende. Illyria befand sich im Besitz der Green-Planungsgesellschaft.

Einige Stunden später wußte ich, daß die Gesellschaft Gringrintharl gehörte, dem ehemaligen Schüler von Delgren, der den Namen Clice, der Regenbogen haucht, trug. Ich rief Delgren an und verabredete mich für den folgenden Tag mit ihm. Dann brach ich meine Fastenzeit ab. Ich fiel in einen langen traumlosen Schlaf.

Malisti hatte auf Driscoll nicht das geringste entdeckt. Auch Delgren von Dilpei konnte mir nicht weiterhelfen. Er hatte seinen ehemaligen Schüler seit Jahrhunderten nicht mehr gesehen. Und er deutete an, daß er eine Überraschung für Grin-grin-tharl bereit hätte, falls er sich je nach Megapei zurückwagen sollte. Ich überlegte, ob die Gefühle und Pläne auf Gegenseitigkeit beruhten.

Doch das ging mich nichts an. Meine Zeit auf Megapei war zu Ende.

Ich jagte die *T* in den Himmel und beschleunigte, bis Raum und Zeit zu verschmelzen schienen.

Ich betäubte den Mittelfinger meiner linken Hand, schnitt ihn auf und implantierte einen Laserkristall mit piezoelektrischem Stützgewebe. Dann verschloß ich die Wunde und hielt die Hand vier Stunden in einen Heilapparat. Es blieb keine Narbe zurück. Das Ding würde wie die Hölle brennen und mich ein paar Hautfetzen kosten, wenn ich es einsetzte, aber ein Laserstrahl, der im Notfall einen Granitblock durchschneiden konnte, war nicht zu verachten. Ich packte Lebensmittelvorräte, Verbandszeug und die *Glitten*-Wurzeln in einen leichten Rucksack. Natürlich brauchte ich weder Kompaß noch Karte, aber ich ergänzte meine Ausrüstung durch ein paar Streichhölzer, eine Schutzhaut, eine Taschenlampe und einen Nachtfeldstecher.

Ich hatte beschlossen, die *T* in eine Parkbahn um Illyria zu schicken und mit der Gleitkapsel zu landen, da sie aus Kunststoff bestand und nicht so leicht zu orten war. Eine Woche lang wollte ich mich auf dem Planeten umsehen. Die *T* hatte den Befehl, nach Ablauf dieser Spanne jeden Tag neben der stärksten Zapfstelle von Illyria zu landen und eine Weile auf mich zu warten.

Ich schlief, ich aß, ich wartete, ich haßte.

Eines Tages schreckte mich dann der Summton auf, der das Ende der Phasenverschiebung ankündigte. Die Sterne sprühten auseinander wie Feuerfunken und erstarrten dann. Dicht vor mir strahlte einer besonders hell.

Ich ermittelte Illyrias Position und stellte die Koordinaten ein.

Zwei Tage später tauchte das kleine grüne Juwel unter mir auf, mit schimmernden Meeren, Buchten und Fjorden; mit üppiger Vegetation auf den drei tropischen Kontinenten und kühlen Wäldern und Seen in den gemäßigten Landgebieten; mit Hügellandschaften und kleinen Wüsten; mit einem gewundenen Fluß, etwa halb so lang wie der Mississippi; mit einem System von Meeresströmungen, auf das ich wirklich stolz war; mit einer fünfhundert Meilen langen Landbrücke, die ich zwischen zwei Kontinenten errichtet hatte, einfach deshalb, weil die Geologen sie ebenso hassen, wie die Anthropologen sie lieben. Ich sah, wie sich in Äquatornähe eine Gewitterfront bildete und nach Norden zog, wo sie ihre nasse Bürde über dem Ozean abwarf. Nacheinander wanderten meine drei Monde Flopsus, Mopsus und Kattontallus über die Welt.

Ich brachte die *T* in einen großen elliptischen Orbit, der noch jenseits des äußeren Mondes lag — und jenseits irgendwelcher Detektorsysteme, wie ich hoffte. Dann gab ich dem Bordcomputer meine Befehle ein, überprüfte ein letztes Mal die Positionen des Schiffes, stellte den Wecker und schlief noch einmal richtig aus.

Als ich wieder munter war, nahm ich eine Ultraschalldusche und schlüpfte in eine schwarze Kombination aus wasserabstoßendem Synthetikmaterial. (Ich weiß nie, wie das Zeug heißt, obwohl die Firma, die es herstellt, mir gehört.) Meine Beine zwängte ich in Kommißstiefel, heutzutage vornehm Wanderschuhe genannt. Der weiche Ledergürtel mit der Doppelschnalle hatte eine besondere Funktion: Entlang der Mittelnaht befand sich ein dünner Draht, den man mit einem Ruck herausreißen konnte. Er eignete sich hervorragend zum Strangulieren. Darüber kam der Waffengurt. Er enthielt einen Handlaser und eine Reihe kleiner Granaten. Um den Hals trug ich ein Medaillon, in dessen Innern eine Bombe verstaut war, und am Handgelenk eine Uhr, die Lähmungsgas verströmte, wenn der Zeiger auf neun stand und man die Krone ein Stück herauszog. Ein Kamm und die Reste einer tausend Jahre alten Hasenpfote wanderten in meine Taschen. Dann war ich bereit.

Allerdings mußte ich warten, denn ich beabsichtigte, in der Nacht zu landen, ungesehen, auf dem Kontinent Splendida, dreihundert bis hundert Meilen von meinem Ziel entfernt.

Ich nahm den Rucksack, rauchte noch eine Zigarette und betrat die Kammer mit der Landefähre. Nachdem ich sie versiegelt hatte, ging ich an Bord der Kapsel. Automatisch begannen die Luftdüsen zu arbeiten. Die Heizung zu meinen Füßen erwärmte sich. Ich drückte auf den Knopf, der die Luke öffnete.

Die Rumpfplatte glitt zur Seite. Ich starrte auf die Sichel hinunter, die meine Welt war. Für mich gab es jetzt nicht viel zu tun. Das Mutterschiff stieß die Fähre im richtigen Moment ab; die Kapsel setzte im richtigen Moment das Bremsaggregat ein. Ich mußte lediglich die Abtrift ausgleichen, sobald wir uns in der Atmosphäre befanden. Die Kapsel und ich wogen zusammen nur ein paar Pfund, da im Rumpf Antischwerkraftelemente eingebaut waren. Die Fähre besaß ein Steuerruder und Stabilisatoren, dazu Segel und Fallschirme. Wenn man es genau nahm, war sie nichts anderes als ein Segelboot in einem dreidimensionalen Ozean. Ich wartete und sah zu, wie die Dunkelheit nach und nach Illyria überflutete. Mopsus ging auf, Kattontallus versank. Mein rechter Knöchel begann zu jucken.

Ich wollte mich eben kratzen, da flammte ein blaues Warnlicht über mir auf. Ich schnallte mich fest. Das blaue Lämpchen ging aus, dafür fing ein rotes zu blinken an.

Ich lehnte mich zurück. Ein Summen, das rote Licht erlosch, ich erhielt einen kräftigen Tritt, und die Sterne waren nicht mehr von der Lukenöffnung begrenzt.

Die Kapsel schwebte frei im Raum. Sie fiel nicht, sondern glitt sanft dahin, und selbst das bemerkte ich nicht, wenn ich die Augen schloß. Die Welt unter mir war eine Höhle, ein dunkles Loch. Langsam dehnte sich die Schwärze aus. In der Kapsel war es warm. Ich hörte nur meinen Atem, meinen Herzschlag und das leise Zischen der Luftdüsen.

Als ich mich umschaute, konnte ich die *T* nicht mehr erkennen. Gut so.

Ich hatte die Gleitkapsel seit Jahren nicht mehr benutzt, denn sie beschwor längst vergangene Dinge herauf, an die ich mich nicht gern erinnerte: ein dämmergrauer Himmel, das Schaukeln der Wellen, Schweißgestank und im Hals der bittere Nachgeschmack von Dramamin. Ich hörte wieder das dumpfe Dröhnen, als sich die Fähre dem Ufer näherte und die Artillerie das Feuer eröffnete. Damals wie jetzt wischte ich mir die feuchten Hände an den Knien ab, griff in die linke Tasche und umkrampfte die Hasenpfote. Merkwürdig. Mein Bruder hatte auch eine besessen. Er wäre begeistert von der Kapsel gewesen. Seine ganze Liebe hatte dem

Wasser und der Luft gegolten. Tauchen, Wellenreiten, die Kunstfliegerei – das waren Hobbys, zu denen er sich hingezogen fühlte. Deshalb hatte er sich auch zur Luftwaffe gemeldet. Und deshalb hatte es ihn vermutlich erwischt. Man kann nicht allzuviel von einer lausigen Hasenpfote verlangen.

Ich blendete das Sonnenlicht aus, und die Sterne flimmerten kalt und fern. Nur der Abglanz von Mopsus, dem mittleren der drei Monde, lag über dem Dunkel. Flopsus war dem Planeten am nächsten, aber er befand sich gerade auf der Rückseite. Die drei Trabanten sorgten im allgemeinen für ruhigere Meere. Aber alle zwanzig Jahre einmal trafen sie zusammen, und dann kam es zu einem prächtigen Gezeitenschauspiel. Koralleninseln erschienen in Wüsten aus Purpur und Orange, wenn das Wasser zurückwich, sich aufbäumte zu einem grünen Gebirge und um die Welt raste; Steine und Knochen, Fische und Treibholz lagen da, wie die Fußspuren von Proteus, und dann kamen die Stürme, die Wolkenfelder, die Kathedralen am Himmel; sie brachten Regen, und die Wellenberge brachen zusammen, begruben die Märchenstädte unter sich und die Zauberinseln, und irgendwo rollte Proteus' Gelächter wie Donner, und Neptun tauchte seinen Blitze-Dreizack in die Fluten, bis sie zischten, sprudelten, dampften. Wenn alles vorbei war, rieb man sich die Augen.

Nun lag gefiltertes Mondlicht über Illyria. Irgendwo schrak jetzt eine Katze aus dem Schlaf, streckte sich und begab sich auf die Jagd. Nach einiger Zeit starrte sie dann zum Himmel hinauf, zum Mond. Und ein Raunen lief durch die Täler, und die Blätter begannen zu wispern. Ja, meine Kinder, ich komme. Denn Belion hat es gewagt, seinen Fuß auf meine Welt zu setzen.

Gleiten.

Wenn mich irgendein Mensch dort unten auf Illyria erwartet hätte, wäre ich ohne Sorge gewesen. So jedoch kamen mir meine Waffen wie Attrappen vor. Denn Green Green war kein Mensch. Man konnte ihn nicht einmal einen richtigen Pei'an nennen. Er war mehr als das.

Er trug einen Namen, wenn auch zu Unrecht; und Namensträger haben die Macht, Geschöpfe, ja selbst die Elemente zu beeinflussen, wenn sie sich erheben und mit dem Schatten verschmelzen, der hinter ihnen steht. Es gibt ein paar wissenschaftliche Erklärungen für all das – volutaristische Bewußtseinsspaltung in Verbindung mit einem Gottkomplex und extrasensorischen Kräften. Ich finde, man sollte einmal jedes dieser Dinge für sich betrachten und dann überlegen, wie lange die Lehrzeit eines Weltenformers dauert und wie viele Kandidaten sie abschließen.

Ich glaubte einen Vorteil gegenüber Green Green zu haben, da er meine Welt für die Begegnung ausgewählt hatte. Allerdings wußte ich nicht, wie lange er sich bereits auf Illyria aufhielt, und es bereitete mir Sorgen. Welche Vorbereitungen hatte er getroffen? Er hatte den perfekten Köder gewählt. Wie perfekt war die Falle? Nun, so leicht fiel es ihm sicher nicht, einen Namensträger zu besiegen. Aber das galt auch umgekehrt.

Der dunkle Brocken Welt schwoll an, verdrängte die Sterne. Je näher ich ihm kam, desto langsamer trieb die Kapsel dahin. Der Anblick von Mondlicht auf hundert Seen ... Münzen auf dem Grund eines Moortümpels.

Meine Detektoren suchten den Planeten nach künstlichen Lichtquellen ab. Sie fanden nichts. Flopsus kam über den Horizont. Die Strahlen der beiden Monde vereinigten sich. Eine halbe Stunde später erkannte ich die markantesten Stellen des Kontinents. Ich steuerte die Kapsel in die Tiefe.

Wie ein Blatt an einem windstillen Tag trudelte und schaukelte sie nach unten. Der See Acheron und die Toteninsel lagen etwa sechshundert Meilen im Nordwesten.

Wolken tauchten auf, verschwanden wieder. Während der nächsten halben Stunde verlor ich kaum an Höhe und kam meinem Ziel um vierzig Meilen näher. Ich überlegte, ob mein Feind ein Warnsystem besaß.

Die Höhenwinde erfaßten mich. Eine Zeitlang kämpfte ich gegen sie an. Schließlich aber ging ich ein paar tausend Fuß tiefer, um ihrer Gewalt zu entfliehen.

Immer noch trieb ich nach Nordwesten. Die Höhe betrug fünfzigtausend Fuß, und ich war mehr als vierhundert Meilen von meinem Ziel entfernt.

In der nächsten Stunde ging ich zwanzigtausend Fuß tiefer und gewann siebzig Meilen. Alles schien glatt zu verlaufen.

Schließlich zeigte sich im Osten der erste graue Schimmer, und ich steuerte die Kapsel eine Meile tiefer, um dem Licht zu entgehen. Es war wie das Eintauchen in einen Ozean, vom helleren ins dunkle Wasser.

Aber das Licht folgte mir. Die Kapsel durchpflügte eine Wolkenbank, sank noch ein Stück. Wie viele Meilen waren es bis zum Acheron?

An die zweihundert.

Das Licht holte mich ein. Die Kapsel flog jetzt ganz niedrig. Ich setzte den Weg noch zehn Minuten fort, dann entdeckte ich einen freien Platz und landete. Gute hundert Meilen trennten mich von meinem Ziel. Im Osten ging die Sonne auf.

Ich schaltete den Zeitzünder der Kapsel ein, öffnete sie, kletterte ins Freie und rannte davon.

Eine Minute später sank das Ding in sich zusammen und begann zu qualmen. Ich verlangsamte meine Schritte, orientierte mich und ging dann auf den Waldrand zu.

5

Nach fünf Minuten fühlte ich mich auf Illyria wieder daheim. Es war, als hätte ich die Welt nie verlassen. Rosig und bernsteingolden drangen die Sonnenstrahlen durch den Frühnebel; Tautropfen glänzten auf Blättern und Gräsern; die Luft roch nach feuchter Erde und dem süßen Duft der Verwesung – süß deshalb, weil er neues Leben bedeutete. Ein kleiner gelber Vogel umflatterte mich, landete auf meiner Schulter, blieb ein paar Sekunden sitzen und verschwand wieder. Ich hielt an, um mir einen Stock zu schneiden, und der Geruch des frischen Holzes erinnerte mich an den Bach in Ohio, wo ich Weidengerten gesammelt und über Nacht in Wasser eingeweicht hatte, damit sich die Rinde besser löste und ich Pfeifen daraus schnitzen konnte. Ich fand wilde Beeren, groß und dunkelrot, zerdrückte sie zwischen den Fingern und leckte den süßen Saft ab. Eine Eidechse huschte von ihrem warmen Stein und setzte sich auf meine Stiefelspitze. Ich streichelte sie, dann trug ich sie behutsam ins Gras. Als ich mich umdrehte, sah ich, daß sie mir mit ihren graugesprenkelten Augen nachstarrte. Die Baumwipfel waren fünfzehn bis zwanzig Meter über mir, und gelegentlich klatschten ein paar Wassertropfen auf meine Schultern. Die Vögel erwachten und die Insekten. Ein Pfeifer mit dick aufgeblähtem Kehlsack begann auf einem Zweig zu singen. Irgendwo zu meiner Linken stimmte ein anderer ein. Sechs purpurne Trichterblüten schnellten vom Boden auf und verströmten mit einem leisen Zischen ihr schweres

Parfüm. Ihre Stengel schwankten, und ihre Kelche flatterten wie kleine Fahnen. Ich erschrak nicht, denn sie waren mir vertraut.

Ich ging weiter, und das Gras wurde spärlicher. Die Baumstämme ragten nun hoch auf, und zwischen den Wurzeln lagen zahlreiche Felsbrocken. Ein guter Platz für einen Hinterhalt; aber auch ein guter Platz, wenn man Deckung suchte.

Die Schatten waren tief. Vom Westen rückten Wolkenbänke heran. Äffchen schimpften im Laub, und die Sonne schickte ihre Lichtspeere durch das Grün. Lianen klammerten sich an einige der Giganten, und sie hatten Blüten wie silberne Kandelaber. Irgendwie fühlte ich mich an Weihrauch und einen Tempel erinnert. Ich watete durch einen schimmernden Bach, und Wasserschlangen schwammen neben mir. Sie waren giftig, aber gutmütig. Am anderen Ufer begann der Boden leicht anzusteigen. Und als ich weiterging, bemerkte ich, daß sich meine Welt irgendwie verändert hatte. Es war nichts Konkretes, nur das Gefühl, daß die gewohnte Ordnung nicht mehr stimmte.

Der Tag schritt voran, aber die Kühle blieb. Im Gegenteil, sie nahm eher zu. Es lag etwas Feuchtkaltes in der Luft. Nun ja, der Himmel hatte sich jetzt zur Hälfte mit Wolken überzogen, und die Luftionisierung, die einem Gewitter vorausgeht, ruft in vielen Menschen Unbehagen hervor.

Ich beschloß, eine kleine Rast einzulegen. Als ich mich an den Stamm eines alten Baumriesen lehnte, erschreckte ich einen Pandrilla, der zwischen den Wurzeln nach Futter gesucht hatte. Er stob davon, und ich wußte, daß etwas nicht in Ordnung war.

Ich schickte ihm Gedanken der Liebe und Freundschaft entgegen und bat ihn, zurückzukommen. Er hielt an, drehte sich um und musterte mich mißtrauisch. Langsam kehrte er um. Ich gab ihm ein Keks. Während er fraß, versuchte ich in sein Inneres einzudringen.

Furcht, ein Augenblick der Panik, dann das Erkennen.

Solche Regungen gehörten nicht hierher.

Ich löste mich vorsichtig, und der Pandrilla blieb. Er knabberte an meinen Keksen. Aber seine anfängliche Reaktion war zu ungewöhnlich gewesen, als daß ich sie außer acht lassen konnte. Ich glaubte zu wissen, was sie bedeutete.

Ich befand mich in feindlichem Territorium.

Nach einiger Zeit setzte ich meinen Weg fort. Ich stieg in ein nebliges Tal hinunter, und als ich es verließ, war der Nebel immer noch um mich. Der Himmel hatte sich jetzt ganz mit Wolken überzogen. Kleine Tiere ergriffen die Flucht vor mir, und ich machte nicht mehr den Versuch, sie zurückzuholen. Ich wanderte dahin, und mein Atem dampfte, aber ich vermied es, eine Energiequelle anzuzapfen. Ich hatte Angst, dadurch meine Position zu verraten.

Ich lachte.

Was eine Energiequelle ist? Nun, das hängt mit dem elektromagnetischen Feld zusammen. In der Schwerkraftmatrix einer jeden Welt befinden sich Knotenpunkte, in die sich besondere Maschinen oder Menschen mit Psikräften einschalten können. Da alle Namensträger Esper sind, wollte ich kein Risiko eingehen, solange ich nichts über meinen Feind wußte.

Also ließ ich es zu, daß sich der Nebel auf meine Kleider legte und meinen Stiefeln den Glanz nahm, obwohl es mir ohne weiteres möglich gewesen wäre, trocken zu bleiben. Ich hatte den Stock in der Linken und hielt die Rechte leicht angewinkelt, damit ich im Notfall sofort zur Waffe greifen konnte.

Aber niemand griff mich an. Im Gegenteil, nach einiger Zeit wirkte die Gegend wie ausgestorben.

Ich marschierte bis Einbruch der Dunkelheit weiter. An diesem Tag schaffte ich insgesamt etwa zwanzig Meilen. Die Feuchtigkeit durchdrang alles, aber es regnete nicht. Ich hatte die Vorberge erreicht und entdeckte eine kleine Höhle, in der ich meine Schutzhaut ausbreitete – eine hauchdünne, zähe Plastikfolie, drei mal drei Meter, die weder Schmutz noch Nässe durchließ. Nach einem kleinen Imbiß legte ich mich zum Schlafen hin. Meine Rechte ruhte in der Nähe des Lasers.

Der Morgen war ebenso trostlos wie die Nacht und der Tag zuvor, und der Nebel hatte noch zugenommen. Ich vermutete eine Absicht dahinter, und so setzte ich meinen Weg vorsichtig fort. Das Ganze kam mir um eine Spur zu melodramatisch vor. Wenn mein Widersacher glaubte, er könne mich durch Nebel, Kälte und die Entfremdung meiner Geschöpfe schrecken, dann täuschte er sich. Unbehagen reizt mich höchstens, verärgert mich und stärkt meinen Entschluß, das Übel an der Wurzel zu packen.

Ich quälte mich verbissen durch die naßkalte Landschaft, erklomm einen Gebirgspaß und machte mich schließlich an den Abstieg. Es war gegen Abend, als ich einen Begleiter bekam.

Ein Licht tauchte zu meiner Linken auf und hielt sich ständig neben mir. Es schwebte ein paar Fuß über dem Boden, und seine Farbe wechselte von Blaßgelb über Orange zu Weiß. Ich wußte nicht, ob es zehn oder fünfzig Meter von mir entfernt war. Gelegentlich verschwand es; aber es kam immer zurück. Ein Irrlicht, das mich in irgendeine Felsspalte oder ein Moorloch locken sollte? Vermutlich. Dennoch fesselte es mich. Ich bewunderte seine Ausdauer – und es war schön, Gesellschaft zu haben.

»Guten Abend«, sprach ich es an. »Du mußt wissen, ich bin gekommen, um deinen Herrn und Meister zu töten.«

Nach einer Pause fuhr ich fort: »Aber vielleicht bist du ein ganz ordinäres Sumpfgas. Dann verzeihe ich es dir, wenn du meine Bemerkung nicht zur Kenntnis nimmst.

Wie dem auch sei, ich habe keine Lust, mich von dir in die Irre führen zu lassen. Verschwinde oder bleib hier, es macht mir wenig aus.«

Daraufhin pfiff ich *It's a Long Way to Tipperary.* Das Ding blieb bei mir. Ich lehnte mich an einen Baum, zündete mir eine Zigarette an und rauchte. Das Licht schwebte etwa fünfzehn Meter entfernt, als wartete es auf mich. Ich versuchte es mit meinen Gedanken zu erreichen, aber ich traf nur auf Leere. Ich zog meinen Laser und zielte, doch dann besann ich mich eines Besseren und steckte die Waffe wieder ein. Nachdenklich trat ich die Zigarette aus und ging weiter.

Das Licht begleitete mich.

Etwa eine Stunde später schlug ich mein Lager in einer kleinen Lichtung auf. Ich wickelte mich in die Schutzhaut und entfachte im Schatten eines Felsblocks ein niedriges Feuer. Bei dem Nebel leuchtete es sicher nicht allzuweit.

Das Irrlicht schwebte am Rande der Dunkelheit. »Wie wäre es mit einer Tasse Kaffee?« lud ich es ein. Zum Glück erhielt ich keine Antwort, denn ich hatte nur eine Tasse.

Nach dem Essen rauchte ich eine Zigarre und ließ das Feuer niederbrennen. Ich sehnte mich nach ein paar Sternen. Die Nacht um mich war vollkommen still, und die Kälte setzte sich in meinen Knochen fest. Meine Zehen fühlten sich bereits steif an. Warum hatte ich nur vergessen, eine Flasche Brandy mitzunehmen?

Mein Reisegefährte rührte sich nicht von der Stelle. Ich starrte ihn an. Eine Naturerscheinung war er nicht. Vielleicht ein Spion? Konnte ich es wagen, mich hinzulegen und zu schlafen? Ich wagte es.

Ein paarmal wachte ich auf, aber ich schlief wieder ein, als ich sah, daß sich nichts verändert hatte. Am nächsten Morgen wartete das Licht immer noch.

Der Tag war wie sein Vorgänger, kalt und grau. Ich brach das Lager ab und setzte mich wieder in Bewegung. Ein Drittel des Weges lag noch vor mir.

Mit einem Mal zeichnete sich eine neue Entwicklung ab. Das Licht verließ seinen Stammplatz zu meiner Linken und schwebte vor mir her. Etwa zwanzig Meter entfernt wartete es. Als ich die Stelle erreichte, war es bereits weitergeflogen.

Die Sache gefiel mir nicht. Es war, als verspottete mich die Intelligenz, die hinter all dem steckte, als wollte sie sagen: »Siehste du, mein Lieber, ich weiß, was du vorhast! Ich kenne sogar deinen Weg. Warum soll ich dir nicht ein wenig helfen?« Ich kam mir wie ein völliger Narr vor. Dennoch zwang ich mich, nicht sofort zu handeln. Es war besser, noch eine Weile abzuwarten.

Also folgte ich dem Licht. Mittags hielt ich an, um eine Kleinigkeit zu essen. Es wartete höflich, bis ich fertig war. Das gleiche wiederholte sich am Spätnachmittag.

Kurz darauf änderte mein Weggefährte jedoch wieder sein Verhalten. Er schwebte ein Stück nach links und verschwand. Einen Moment lang blieb ich unsicher stehen, denn ich hatte mich an seine Führung gewöhnt. War das der Sinn hinter dem Spiel? Daß er meine Aufmerksamkeit einlullte, bis ich ihm blindlings folgte und vom geplanten Weg abkam? Vielleicht.

So setzte ich mir eine Grenze. Zwanzig Minuten und keine Sekunde länger wollte ich mich dem Licht anvertrauen. Ich entsicherte die Pistole und starrte in die Dämmerung.

Es kam wieder. Eine Weile schwebte es am gleichen Fleck, dann entfernte es sich erneut nach links. Ich folgte ihm. Es eilte voraus, wartete, bis ich es eingeholt hatte, und eilte weiter.

Nach fünf Minuten begann es leicht zu regnen. Die Nacht brach herein, aber ich konnte noch sehen, ohne die Taschenlampe einzuschalten. Bald war ich völlig durchnäßt. Fluchend und frierend stapfte ich weiter.

Das ging noch eine halbe Meile so, dann war ich plötzlich allein. Ich hielt an, aber das Licht kam nicht zurück.

Schritt für Schritt drang ich bis zu der Stelle vor, wo ich es zuletzt gesehen hatte. Ich hielt die Pistole in der Hand und schickte meine tastenden Gedanken voraus.

Ich stieß gegen einen Zweig und knickte ihn.

»Nicht! Um Himmels willen, nicht!«

Instinktiv warf ich mich zu Boden und rollte herum.

Der Schrei war von rechts gekommen. Meine Waffe zielte in diese Richtung.

Schrei? War es wirklich ein Schrei gewesen oder etwas in meinem Innern? Ich konnte es nicht genau sagen.

Ich wartete.

Dann hörte ich ein Schluchzen – ganz schwach. Meine Blicke durchdrangen das Dunkel. Ich sah niemanden.

»Wer ist da?« Ich flüsterte, um meinen Standort nicht zu verraten.

Keine Antwort. Aber das Schluchzen hielt an. Als ich meine Gedanken ausschickte, stieß ich auf Schmerz und Verwirrung, sonst nichts.

»Wer ist da?« wiederholte ich.

Schweigen. Dann, nach einer Weile: »Frank?«

Diesmal beschloß ich zu warten. Ich ließ eine Minute verstreichen, dann nannte ich meinen Namen.

»Hilf mir!«

»Wer bist du? Und wo?«

»Hier . . .«

Die Antworten erreichten mein Inneres. Ich spürte ein Kribbeln im Nacken und umklammerte die Pistole fester.

»Dango, das Messer!«

Ich wußte nun, was geschehen war, aber ich hatte nicht den Mut, die Taschenlampe einzuschalten und genauer hinzusehen. Es war auch nicht nötig.

Mein Irrlicht kehrte nämlich in diesem Moment zurück.

Es schwirrte an mir vorbei, stieg hoch auf und strahlte heller als eine Leuchtrakete. Sein Schein hüllte Dango ein. Er konnte dem Gleißen nicht entrinnen.

Denn er war festgewurzelt.

Ein verfilzter schwarzer Bart verbarg die untere Hälfte seines hageren, spitzen Gesichtes. Die Haare gingen in Zweige und Blätter über. Die dunklen Augen waren tief in ihre Höhlen gesunken und hatten einen irren Blick. An der Rinde, die seinen Körper bedeckte, zeigten sich Insektenlöcher, Vogelkot und dunkle Brandspuren. Offenbar hatte jemand zwischen den Wurzeln ein Feuer entfacht.

Jetzt erst bemerkte ich, daß Blut aus dem Zweig tropfte, den ich versehentlich geknickt hatte.

Ich erhob mich langsam.

»Dango . . .«, begann ich.

»Sie nagen an meinen Füßen!« klagte er.

». . . es tut mir so leid!« Ich senkte die Waffe. Beinahe entglitt sie mir.

»Warum hat er mich aus dem Grab geholt?«

»Weil du mein Freund und dann mein Feind warst«, erklärte ich. »Weil du mich gut kanntest.«

»Deinetwegen?« Der Baum schwankte, als wolle er auf mich stürzen. Er überschüttete mich mit Flüchen, und ich stand da und hörte ihm zu, während der Regen sich mit seinem Blut vermischte und den Boden aufweichte. Wir waren einmal Partner gewesen, und er hatte versucht, mich zu betrügen. Ich ging vor Gericht, er wurde freigesprochen und versuchte mich hinterher umzubringen. Ich brachte ihn nach dem Kampf ins Krankenhaus. Eine Woche nach seiner Entlassung starb er bei einem Autounfall. Er hätte mich ermordet, wenn es ihm irgendwie möglich gewesen wäre — mit einem Messer, versteht sich. Aber ich gab ihm keine Gelegenheit dazu. Man könnte sagen, daß ich dem Schicksal ein wenig unter die Arme griff, als es zu dem Unfall kam. Ich wußte, daß er nicht ruhen würde, bis er mich erledigt hatte oder selbst ins Gras biß, und wer läßt sich schon gern erledigen?

Das grelle Licht verlieh seinen Zügen etwas Grauenhaftes. Er hatte eine fahle Haut und die Augen einer bösen Katze. Seine Zähne waren nur noch Stummel, und eine eitrige Wunde zog sich über seine linke Wange. Der Hinterkopf und die Schultern waren fest mit dem Stamm verwachsen. Ich sah zwei waagrechte Äste, in denen vielleicht seine Arme steckten. Von der Taille abwärts war er Baum.

»Wer hat das getan?« fragte ich.

»Diese grüne Bestie von einem Pei'an . . .« entgegnete er. Plötzlich befand ich mich hier. Ich verstehe das nicht. Ich hatte einen Unfall . . .«

»Ich erwische ihn«, versprach ich ihm. »Ich bringe ihn um, und dann komme ich zurück und befreie dich.«

»Nein! Geh nicht!«

»Es ist die einzige Möglichkeit, Dango.«

»Du verstehst nicht, was es bedeutet. Ich kann nicht warten ... bitte!«

»Es dauert vielleicht nur ein paar Tage, Dango.«

»... und wenn er dich besiegt? Dann dauert es eine Ewigkeit. Herrgott, diese Schmerzen! Die Sache von damals tut mir leid, Frank, ehrlich ...«

Ich sah zu Boden und starrte dann das Licht an.

Ich hob die Waffe, senkte sie wieder.

»Es geht nicht. Ich bringe es kein zweites Mal fertig.«

Er biß sich auf die Lippen. Blut lief ihm über das Kinn, versickerte in seinem Bart. Er hatte Tränen in den Augen. Ich konnte seinen Blick nicht ertragen.

So stolperte ich ein paar Schritte zurück. Ich murmelte ein pei'anisches Gebet. Jetzt erst merkte ich, daß eine Energiequelle in der Nähe war. Ich konnte sie mit einem Male spüren. Ich wuchs und wuchs, und Frank Sandow wurde immer kleiner, und als ich die Schultern bewegte, grollte in der Ferne der Donner. Dann hob ich die linke Hand, ballte sie zur Faust. Die Elemente brüllten los.

... Ich stand allein da, um mich den Gestank von Rauch und Ozon. Ich stand allein vor dem verkohlten, zersplitterten Ding, das Dango gewesen war. Selbst mein Irrlicht hatte mich verlassen. Der Regen prasselte in Strömen nieder und reinigte die Luft.

Ich stolperte zurück in die Richtung, aus der ich gekommen war. Meine Stiefel schmatzten im Schlamm, die Kleider klebten mir am Körper.

Irgendwie, irgendwo schlief ich ein — ich erinnere mich nicht mehr genau daran.

Vor allen anderen Dingen sorgt vermutlich der Schlaf dafür, daß wir Menschen den Verstand nicht verlieren. Er setzt eine Klammer um jeden Tag. Tut man heute etwas, das man bereut oder als dumm empfindet, und jemand spricht darüber, so ärgert man sich. Ist es jedoch bereits gestern geschehen, so kann man es mit einer Handbewegung abtun oder sogar darüber lachen, je nachdem. Man hat während der Nacht eine neue Insel der Zeit erreicht. Wie viele Erinnerungen lassen sich in einem einzigen Moment zusammenfassen? Eine ganze Menge, wie es scheint. Und doch sind sie nur ein winziger Bruchteil all dessen, was man erlebt hat. Nach einem ausgiebigen Schlaf kommen mir viele Dinge in den Sinn, die ein unangenehmes Ereignis verdrängen. Das mag gefühllos klingen, ist es aber nicht. Ich will damit nicht sagen, daß mir die Vergangenheit überhaupt keine Schmerzen bereitet, daß ich keine Schuldgefühle hege. Ich möchte vielmehr zum Ausdruck bringen, daß ich im Laufe der Jahrhunderte einen inneren Reflex entwickelt habe. Wenn ich seelisch fertig bin, schlafe ich. Sobald ich dann aufwache, strömen andere Erinnerungen auf mich ein, füllen mich aus. Nach einiger Zeit kreist der Geier Erinnerung über mir und stößt auf das Ding herab, das mich quält. Er zerhackt es und verschlingt es. Ich glaube, man nennt das Abstand oder Perspektive gewinnen. Ich habe viele Menschen auf die verschiedenste Weise sterben gesehen. Es hat mich nie unberührt gelassen. Aber der Schlaf gestattet der Erinnerung, sich wieder aufzufrischen. Denn ich habe auch viele Menschen leben gesehen, und ich kenne das ganze Spektrum der Freude, des Leids, der Liebe, des Hasses, der Erfüllung und des Friedens.

Ich fand sie eines Morgens in den Bergen, Meilen von jeder menschlichen Behausung entfernt. Sie hatte blaue Lippen und froststeife Finger. Sie trug ein Trikot mit Tigerfellstreifen und lag zusammengerollt unter einem Gestrüpp. Ich hüllte sie in meinen Anorak, ließ meine Gesteinsproben und das Werkzeug auf einem Felsblock liegen und holte die Sachen nie mehr ab. Sie fantasierte, als ich sie zu meinem Wagen trug, und ein paarmal glaubte ich den Namen »Noel« zu verstehen. Sie hatte ein paar böse Quetschungen und eine Menge kleinerer Schnitt- und Schürfwunden davongetragen. Ich brachte sie in ein Krankenhaus, wo man sie versorgte und über Nacht behielt. Als ich sie am nächsten Tag besuchte, erfuhr ich, daß sie sich geweigert hatte, ihre Personalien anzugeben. Sie besaß auch kein Geld. So beglich ich die Rechnung und fragte sie nach ihren Plänen. Sie hatte keine. Ich bot ihr einen Platz in der Hütte an, die ich gemietet hatte, und sie sagte Ja. In der ersten Woche schlich sie wie ein Gespenst umher. Sie machte den Mund nur auf, wenn ich ihr eine Frage stellte. Sie kochte für mich und räumte auf, doch während der übrigen Zeit sperrte sie sich in ihr Zimmer. In der zweiten Woche hörte sie mich an einer alten Mandoline herumzupfen – ich hatte das Ding seit Monaten nicht mehr angerührt –, und sie setzte sich wortlos zu mir ins Wohnzimmer. Ich spielte weiter, stundenlang, nur damit sie blieb. Als ich das Instrument weglegte, bat sie mich, ob sie es benützen dürfte, und ich nickte. So nahm sie es auf, stimmte es und begann zu spielen. Sie war nicht perfekt, ebensowenig wie ich. Ich hörte ihr zu, machte ihr eine Tasse Kaffee, sagte »Gute Nacht«, und das war alles. Am nächsten Tag jedoch stand ein neuer Mensch vor mir. Sie hatte ihr strähniges Haar gewaschen und hergerichtet. Zum erstenmal wirkten ihre hellen Augen nicht verquollen. Sie unterhielt sich beim Frühstück mit mir, über das Wetter, die Nachrichten, meine Gesteinssammlung, Musik, Antiquitäten und exotische Fische. Nur von sich selbst sprach sie nicht. Danach versuchte ich sie abzulenken. Ich nahm sie mit in Restaurants, Kinos, an den Strand — überallhin, nur nicht in die Berge. Etwa vier Monate vergingen so. Eines Tages merkte ich, daß ich mich in sie verliebt hatte. Ich sagte nichts, aber sie sah es vermutlich. Ich kam mir albern vor. Vielleicht hatte sie irgendwo einen Mann und sechs Kinder. Sie wollte mit mir tanzen gehen. Ich erfüllte ihr die Bitte, und wir tanzten auf einer Terrasse unter freiem Himmel, bis das Lokal gegen vier Uhr morgens zumachte. Als ich am nächsten Tag aufstand, war ich allein. Auf dem Küchentisch lag ein Zettel: *Vielen Dank für alles. Such mich bitte nicht. Ich muß jetzt zurück. Ich liebe dich.* Keine Unterschrift. Und das ist alles, was ich über das namenlose Mädchen weiß.

Mit fünfzehn fand ich beim Rasenmähen unter einem Baum einen jungen Star. Er hatte beide Beine gebrochen. Zumindest nahm ich das an, denn er streckte sie in einem merkwürdigen Winkel von sich und stützte sich auf die gespreitzten Schwanzfedern. Als ich in seine Nähe kam, legte er den Kopf zurück und riß den Schnabel auf. Ich beugte mich über ihn und sah, daß Ameisen in seinem Gefieder herumkrabbelten, also hob ich ihn auf und bürstete die Insekten ab. Dann holte ich einen Flickkorb, füllte ihn mit frischem Gras und stellte ihn auf den Gartentisch unter dem großen Ahornbaum. Ich legte das Tierchen hinein und versuchte ihm mit dem Tropfer einer Medizinflasche etwas Milch einzuflößen, aber es spuckte sie aus. Dann mähte ich den Rasen fertig. Als ich später wieder nach dem Patienten sah, entdeckte ich fünf oder sechs große schwarze Käfer im Gras. Angewidert warf ich sie hinaus. Am nächsten Morgen waren sie wieder da. Später fiel mir ein großer Vogel auf, der ein paarmal dicht über den Korb hinwegflog. Ich warf einen Blick ins Innere und fand wieder ein paar Käfer. Jetzt erst wurde mir klar, daß die Starenmutter sie gesammelt und ihrem Jungen gebracht hatte. Da es nicht fressen konnte, ließ sie die Beute einfach neben ihm liegen. In dieser Nacht fraß eine Katze den Kleinen. Ich fand nur ein paar Federn und Blutspritzer, als ich mit meiner Milch nach draußen kam.

Es gibt einen bestimmten Fleck im Universum. Einen Fleck, wo Felsentrümmer eine rote Sonne umkreisen. Vor ein paar hundert Jahren entdeckten wir eine Rasse von Gliederfüßlern, die *Whilles,* mit denen wir nicht zurechtkamen. Sie hatten bis dahin jede Annäherung intelligenter Fremdrassen zurückgewiesen. So erschlugen sie auch unsere Abgesandten und schickten uns die verstümmelten Leichen. Als wir zum erstenmal von ihnen hörten, hatten sie eben das Problem der interplanetarischen Raumfahrt gelöst. Bald danach bauten sie jedoch die ersten interstellaren Schiffe. In welche Gebiete sie auch vordrangen, sie plünderten und mordeten, um dann wieder auf ihre Heimatwelt zu fliehen. Vielleicht erkannten sie zu diesem Zeitpunkt nicht, wie groß die interstellare Zivilisation war, vielleicht kümmerte es sie auch nicht weiter. Sie hatten recht, falls sie von dem Gedanken ausgingen, daß es sehr lange dauern würde, bis wir ihnen gemeinsam den Krieg erklärten. Die Pei'an sind so ziemlich die einzigen, die sich an einen interstellaren Krieg erinnern können. So schlugen die Angriffe der Terraner fehl, wir holten die Reste unserer Truppen zurück und begannen den Planeten der *Whilles* zu bombardieren. Sie besaßen jedoch eine höher entwickelte Technik, als wir vermutet hatten. Ihr Abwehrsystem war nahezu perfekt. Wir gaben auf und begnügten uns damit, ihr System abzuriegeln. Es gelang jedoch nicht immer, ihre Überfälle zu verhindern. Nach langem Zögern traten die Namensträger zusammen und berieten, was geschehen sollte. Drei Weltenformer, Sang'ring von Greldei, Karth'ting von Mordei und ich wurden durch das Los dazu bestimmt, unsere Fähigkeiten gegen die *Whilles* einzusetzen. Kurze Zeit später ballten sich im Heimatsystem der Gliederfüßer-Rasse Staub und Gesteinsbrocken zusammen, wuchsen zu einem Asteroiden und dann zu einem Planetoiden. Kaum merklich veränderte er seine Bahn. Wir steuerten das Wachstum der neuen Welt und ihren langsamen Spiralkurs nach innen. Als die *Whilles* unsere Absicht durchschauten, versuchten sie den Planeten zu vernichten. Aber es war zu spät. Sie baten nie um Gnade, und kein einziger von ihnen floh. Sie warteten, und der Tag kam. Die Bahnen der beiden Welten kreuzten sich, und nun umkreisen Felstrümmer eine rote Sonne. Ich war ein Woche lang betrunken.

Einmal brach ich in einer Wüste zusammen, als mein Fahrzeug mit einem Defekt liegenblieb und ich versuchte, zu Fuß die nächste

Siedlung zu erreichen. Ich war bereits vier Tage marschiert und hatte kaum Wasser. Meine Kehle fühlte sich an wie Sandpapier, und meine Füße waren eine Million Meilen entfernt. Ich wurde ohnmächtig. Wie lange ich im Sand lag, weiß ich nicht. Vielleicht einen ganzen Tag. Dann beugte sich etwas über mich. Ich hielt es anfangs für eine Halluzination. Es war dunkelrot, mit einer Halskrause und drei Hornhöckern auf der niedrigen Echsenstirn. Sein Schuppenleib maß etwa vier Fuß. Es hatte einen kurzen Schwanz und krallenbewehrte Pfoten. Seine Augen waren dunkle Ellipsen mit zuckenden Membranen. Es trug ein langes, hohles Schilfrohr und einen kleinen Beutel. Ich weiß heute noch nicht, was es war. Es betrachtete mich eine Zeitlang, dann huschte es davon. Ich rollte zur Seite und sah ihm nach. Es stieß das Rohr in den Sandboden, sog eine Zeitlang am oberen Ende, holte das Rohr heraus und wiederholte die Prozedur an einer anderen Stelle. Allmählich blähten sich seine Wangen wie Ballons auf. Es kam zurückgerannt und deutete mit der Vorderpfote auf meine Lippen. Ich begriff und machte den Mund weit auf. Vorsichtig, um keinen Tropfen zu verschwenden, benetzte es meine Zunge mit dem schmutzigen, heißen Wasser. Insgesamt sechsmal lief es hin und her und versorgte mich mit der kostbaren Flüssigkeit. Dann verlor ich erneut das Bewußtsein. Als ich zu mir kam, war es Abend, und das Geschöpf brachte mir wieder Wasser. Am nächsten Morgen war ich kräftig genug, um mich selbst zu dem Schilfrohr zu schleppen und das Naß einzusaugen. Als das fremde Wesen erwachte, breitete ich meine Schätze vor ihm aus – die Uhr, das Jagdmesser, alles Geld, das sich in meinen Taschen fand. Es betrachtete die Gegenstände, und ich deutete auf seinen Beutel. Es schien mich zu verstehen, aber es rührte nichts an, sondern gab nur ein paar schnalzende Laute von sich. So nahm ich seine Vorderpfote, dankte ihm in allen Sprachen, die ich kannte, schob meine Sachen wieder ein und ging los. Am darauffolgenden Nachmittag traf ich in der Siedlung ein.

Ein Mädchen, ein Vogel, eine Welt, ein Schluck Wasser und Dango, das Messer, durch einen Blitz vom Scheitel bis zu den Wurzeln gespalten ...

Vor mir lagen noch fünfzig bis sechzig Meilen, und das Gelände erwies sich als immer schwieriger. Der Boden war trockener, aber felsig. Scharfkantige Blätter streiften mich.

Die Bäume hatten sich verändert, die Tiere hatten sich verändert. Es waren Zerrbilder der Dinge, in die ich meinen ganzen Stolz gesetzt hatte. Meine Singvögel krächzten, meine Insekten hatten Stachel, und die Blumen stanken. Es gab nirgends gerade gewachsene Bäume. Sie wirkten niedrig und verkrüppelt. Kleinwild fauchte mich an und ergriff dann die Flucht. Die größeren Tiere mußte ich mit drohenden Blicken zur Vernunft bringen.

Ich erreichte das Hochland. In meinen Ohren knackte es, und der Nebel wollte nicht weichen, aber ich marschierte beharrlich weiter. An diesem Tag schaffte ich etwa fünfundzwanzig Meilen.

Noch zwei Tage, dachte ich. Vielleicht sogar weniger. Und einen, um die Sache in Ordnung zu bringen.

In der Nacht weckte mich eine Detonation, heftiger als jede andere, die ich erlebt hatte. Ich schnellte hoch und horchte auf das Echo — vielleicht war es auch nur das Dröhnen in meinen Ohren. Ich saß unter einem alten Baum, die Pistole in der Hand, und wartete.

Im Nordwesten durchdrang ein orangeroter Schein den Nebel und breitete sich rasch aus.

Die zweite Detonation war nicht so gewaltig wie die erste. Die dritte und vierte wirkte ebenfalls ziemlich schwach. Doch ich hatte inzwischen mit einer neuen Tücke zu kämpfen.

Der Boden unter mir schwankte.

Ich blieb, wo ich war, und wartete. Die Erdstöße verstärkten sich.

Der Helligkeit nach zu urteilen, stand ein Viertel meiner Welt in Flammen.

Da ich im Moment nichts dagegen tun konnte, schob ich meine Waffe wieder ein, lehnte mich gegen den Baumstamm und steckte mir eine Zigarette an. Etwas stimmte hier nicht. Green Green gab sich verdammt viel Mühe, mich zu beindrucken, obwohl er hätte wissen müssen, daß so etwas bei mir nicht zog. Um ein natürliches Beben konnte es sich kaum handeln, nicht in dieser Gegend. Aber warum? Wollte er lediglich sagen: »Schau her, ich mache deine Welt kaputt, Sandow! Was willst du dagegen tun?« Demonstrierte er die Macht Belions in der Hoffnung, mich einzuschüchtern?

Ich spielte eine Weile mit dem Gedanken, eine Energiequelle aufzuspüren und über dem ganzen Gebiet den wildesten elektrischen Sturm loszulassen, den er je erlebt hatte, nur um ihm zu zeigen, wie beeindruckt ich war. Aber ich gab die Idee rasch auf. Ich wollte ihm gegenübertreten und ins Gesicht sagen, was ich von ihm hielt. Ich wollte ihn fragen, weshalb er ein so verdammter Narr war —

weshalb er mich haßte und zu vernichten versuchte, nur weil ich zufällig zur Rasse des *Homo sapiens* gehörte.

Es war klar, daß er von meiner Anwesenheit bereits wußte, sonst hätte er nicht das Irrlicht ausgesandt, das mich zu Dango führte. Ich konnte mich also ruhig zu erkennen geben.

So schloß ich die Augen, senkte den Kopf und sammelte mich. Ich versuchte ihn mir irgendwo in der Nähe der Toteninsel vorzustellen, einen hämisch grinsenden Pei'an, der sein Werk betrachtete: die Asche, die wie schwarzes Herbstlaub aufgewirbelt wurde; die blubbernde Lava; die Schwefelschlangen, die sich in den Himmel wanden. Und mit der ganzen Kraft meines Zorns sandte ich die Botschaft aus:

»Geduld, Green Green. Geduld, Gringrin'tharl. Geduld. In ein paar Tagen bin ich bei dir. Der Kampf wird nicht lange dauern.«

Es kam keine Antwort, aber ich hatte auch keine erwartet.

Am nächsten Tag gestaltete sich der Weg noch mühseliger. Es regnete schwarze Asche. Hin und wieder bäumte sich die Erde auf, und Tiere kamen mir in wilder Flucht entgegen. Sie beachteten mich nicht.

Der gesamte Norden schien in Flammen zu stehen. Es war, als ginge ich einem Sonnenaufgang entgegen. Ich fand das Ganze ziemlich ernüchternd.

Da war ein Pei'an, fast ein Namensträger, ein Angehöriger des berühmtesten Rächervolkes in der Galaxis, und er führte sich wie ein Clown vor mir auf. Schön, er haßte mich, und er wollte mir an den Kragen. Das war jedoch kein Grund zur Nachlässigkeit. Er vergaß die feine alte Tradition seiner Rasse. Der Vulkan war kindische Protzerei. Ich schämte mich beinahe ein wenig für ihn. Selbst ich hatte während meiner Lehrzeit genug über die Kunst der Rache erfahren, daß ich so primitive Methoden ablehnte. Allmählich begriff ich, weshalb er versagt hatte.

Ich verschob die Mittagspause und begnügte mich mit einem Riegel Schokolade, den ich unterwegs aß. Ich wollte so rasch wie möglich vorwärtskommen, damit ich am nächsten Tag nur noch ein paar Stunden zu gehen hatte. Das Licht vor mir wurde heller, der Aschenregen dichter, und die Erde bebte immer häufiger.

Gegen Mittag griff mich ein Warzenbär an. Ich versuchte ihm meinen Willen aufzuzwingen, aber es mißlang. So tötete ich ihn und verfluchte denjenigen, der mich dazu gezwungen hatte.

Der Nebel löste sich auf, doch die fallende Asche sorgte weiterhin dafür, daß ich nicht viel sah. Ich kam nur langsam voran, und allmählich befürchtete ich, daß ich noch einen Tag zugeben mußte.

Als ich jedoch in dieser Nacht haltmachte, hatte ich ein gutes Stück Weg zurückgelegt. Ich rechnete damit, daß ich Acheron in den Mittagsstunden des folgenden Tages erreichen würde.

Ich fand einen trockenen Lagerplatz auf einer mit Felsblöcken durchsetzten Anhöhe. Ich säuberte meine Ausrüstung von der Asche, breitete die Schutzhaut aus, entfachte ein Feuer und aß eine Kleinigkeit. Dann rauchte ich eine Zigarre, um meinen Teil zur Luftverschmutzung beizutragen, und legte mich schlafen.

Als es geschah, träumte ich gerade. Ich weiß nicht mehr was – aber ich erinnere mich, daß der Traum angenehm begann und dann plötzlich in Angstvorstellungen überging. Jedenfalls wälzte ich mich auf dem harten Gras hin und her, bis ich plötzlich merkte, daß ich wach war. Ich hielt die Augen geschlossen und verlagerte wie im Schlaf mein Gewicht, bis ich die Hand an der Pistole hatte. Dann horchte ich auf die Laute um mich. Ganz allmählich öffnete sich mein Inneres.

Ich schmeckte den Rauch und die kalte Asche. Ich spürte die feuchte Kälte unter mir. Und ich hatte das Gefühl, daß sich ein Lebewesen ganz in meiner Nähe befand. Ein Stein kullerte den Hang hinunter. Das Geräusch kam von rechts.

Vorsichtig schob ich den Lauf der Waffe in diese Richtung.

Dann, so leicht wie ein Kolibri ein Blütenblatt streift, berührten mich fremde Gedanken, versuchten mich zu beeinflussen.

Du schläfst, vernahm ich, *und wirst erst aufwachen, wenn ich es zulasse. Du schläfst, aber du verstehst meine Worte. So soll es sein Es gibt keinen Grund zum Aufwachen. Schlaf tief und fest, während ich mit dir spreche. Das ist sehr wichtig ...*

Ich ließ die Gedanken weiter auf mich einströmen, denn ich war hellwach. Ich unterdrückte meine Reaktionen und täuschte Schlaf vor, während ich angespannt ins Dunkel horchte.

Etwa eine Minute später hörte ich erneut ein Geräusch von rechts. Ich öffnete die Augen und betrachtete, ohne den Kopf zu drehen, die Umrisse der Schatten.

Neben einem Felsen, etwa zehn Meter entfernt, entdeckte ich eine Form, die noch nicht dagewesen war, als ich mich zur Ruhe begab. Ich beobachtete sie, bis ich eine kleine Bewegung wahrnahm. Nun wußte ich also, wo sich der Fremde befand. Ich entsicherte die Waffe, zielte sehr sorgfältig und drückte ab. Eine

Feuerspur zog sich über den Boden und hielt einen Meter vor der schemenhaften Gestalt an. Der Schußwinkel brachte es mit sich, daß eine Menge Staub, Steine und Erde aufgewirbelt wurde.

Wenn du es auch nur wagst, tief Luft zu holen, bist du dran, warnte ich.

Dann erhob ich mich mit schußbereiter Pistole. Ich hatte im Licht des Lasers gesehen, daß es ein Pei'an war, der neben dem Felsen kauerte, und so sagte ich in seiner Muttersprache:

»Green Green, du bist der größte Tölpel deiner Rasse, der mir je über den Weg gelaufen ist.«

»Ich habe ein paar Fehler begangen«, gab er zu.

Ich lachte.

»Das kann man wohl sagen.«

»Aber es spielten Dinge mit, die mein Versagen vielleicht entschuldigen.«

»Ausreden. Du hast die Lektion des Felsens nicht gelernt. Er scheint zu ruhen, aber er bewegt sich, kaum merklich.« Ich schüttelte den Kopf. »Wie werden deine Ahnen ruhen, wenn sie von deiner verpfuschten Rache erfahren?«

»Nicht sehr gut, fürchte ich – wenn dies das Ende ist.«

»Du zweifelst daran? Willst du etwa leugnen, daß du mich einzig und allein hierhergelockt hast, um mich zu töten?«

»Nein. Das liegt auf der Hand.«

»Weshalb sollte ich dann nicht die logische Folgerung daraus ziehen?«

»Überlege, Francis Sandow, *Draw* Sandow! Glaubst du, ich hätte dich aufgesucht, wenn es mir möglich gewesen wäre, dich mit meiner ganzen Macht zu empfangen?«

»Vielleicht hast du gestern abend die Nerven verloren.«

»So labil bin ich auch wieder nicht. Ich hatte die Absicht, dir meinen Willen aufzuzwingen.«

»Das ist dir gründlich mißglückt.«

»Ja . . . leider.«

»Um warum wolltest du das?«

»Weil ich deine Dienste benötige.«

»Wozu?«

»Wir müssen aber jetzt rasch fort von hier. Du besitzt doch ein Schiff?«

»Natürlich. Aber wovor hast du Angst?«

»Du hast dir im Lauf der Jahre einige Freunde und viele Feinde geschaffen, Francis Sandow.«

»Nenn mich Frank!«

»Du hättest diese Botschaft nicht vorausschicken sollen, Frank. Nun weiß jeder, daß du hier bist. Wenn du mir nicht bei der Flucht hilfst, erwartet dich eine größere Rache als die meine.«

Eine leichte Brise kam auf. Sie wehte den süßlich-dumpfen Geruch von Pei'an-Blut herüber. Ich schaltete meine Taschenlampe ein. Der Strahl tanzte über Green Greens Körper.

»Du bist verletzt.«

»Ja.«

Ich legte die Lampe hin, ging zu meinem Rucksack, öffnete ihn mit der linken Hand und holte ein Erste-Hilfe-Päckchen heraus. Ich warf es ihm zu.

»Versorg deine Wunden«, sagte ich und nahm die Lampe wieder auf. »Sie verbreiten einen scheußlichen Gestank.«

Er wickelte einen Verband um die tiefe Fleischwunde in der rechten Schulter und am Oberarm. Eine Reihe kleinerer Schnitte auf der Brust beachtete er nicht.

»Du scheinst mit jemandem Streit bekommen zu haben.«

»Stimmt.«

»Was ist mit deinem Gegner?«

»Er sieht nicht viel besser aus als ich. Um ein Haar wäre es mir geglückt, ihn zu töten. Nun ist es zu spät.«

Ich sah, daß er keine Waffe trug. Also steckte ich meinen Strahler ein und trat näher.

»Delgren von Dilpei läßt dich grüßen«, sagte ich. »Ich habe den Eindruck, daß du ziemlich weit oben auf seiner Racheliste stehst.«

Er lachte leise.

»Delgren sollte nach dir drankommen.«

»Aber zurück zu dir. Ich erkenne immer noch keinen Grund, dich am Leben zu lassen.«

»Immerhin, deine Neugier ist geweckt, und das erhöht meine Chancen. Du kümmerst dich sogar um meine Wunden.«

»Meine Geduld schwindet, wie Sand durch ein Sieb.«

»Dann hast auch du die Lektion des Felsens nicht gelernt.«

Ich steckte mir eine Zigarette an. »Deine Situation erlaubt es kaum, daß du mit Sprichwörtern herumwirfst.«

Er war mit dem Verbinden fertig. »Ich möchte dir ein Geschäft vorschlagen.«

»Ich höre.«

»Du hast irgendwo ein Schiff versteckt. Bring mich hin, und wir verlassen gemeinsam diese Welt.«

»Und was bietest du mir dafür?«

»Das Leben.«

»Du bist kaum in der Lage, mich zu bedrohen.«

»Ich bedrohe dich nicht. Ich will alles tun, um dein Leben zu retten, zumindest für den Augenblick, wenn du mir bei der Flucht behilflich bist.«

»Besteht denn Gefahr für mein Leben?«

»Du weißt, daß ich bestimmte Personen wiedererwecken kann.«

»Ja, du hast ein paar Rückrufbänder gestohlen — auf welche Weise übrigens?«

»Teleportation. Das ist mein besonderes Talent. Ich kann kleinere Gegenstände von einem Ort zum anderen befördern. Vor vielen Jahren, als in meinem Innern die Rachegedanken gegen dich reiften, suchte ich des öfteren die Erde auf — immer, wenn einer deiner Freunde oder Feinde gestorben war. Dann wartete ich, bis ich genug Mittel besaß, um diese Welt hier zu kaufen. Sie schien sich hervorragend für das zu eignen, was ich im Sinn hatte. Es ist nicht schwer für einen Weltenformer, die Matrizen richtig zu verwenden.«

»Meine Freunde, meine Feinde — du hast sie hier wieder ins Leben gerufen?«

»Richtig.«

»Warum?«

»Du solltest die Menschen, die du geliebt hattest, vor deinem Tod noch einmal leiden sehen; und deine Feinde sollten dich in der Schmach und Erniedrigung beobachten.«

»Dango war mein Feind. Weshalb hast du ihn so grausam behandelt?«

»Der Mann ärgerte mich. Zum einen mußte ich seinen Anblick nicht mehr ertragen, und zum anderen sollte er dir als abschreckendes Beispiel dienen. Außerdem fand ich ein gewisses Vergnügen an seiner Qual.«

»Hm, ich verstehe. Aber warum all das gerade hier — auf Illyria?«

»Ist diese Welt — abgesehen von Freiland, das sich als unzugänglich erwies — nicht deine Lieblingsschöpfung?«

»Ja.«

»Welchen besseren Ort hätte ich dann wählen können?«

Ich warf den Zigarettenstummel zu Boden und trat ihn aus.

»Du bist stärker, als ich dachte, Frank«, fügte er nach einer Pause hinzu, »denn du hast den Mann bereits einmal getötet, während er mich besiegte und mir das Kostbarste nahm, das ich besaß . . .«

Plötzlich befand ich mich wieder auf Freiland, in meinem Dachgarten. Ich rauchte eine Zigarre und mir gegenüber saß Lewis Briggs, der mich an einen kahlgeschorenen Affen erinnerte. Ich hatte eben einen Umschlag geöffnet und überflog eine Namenliste.

Es war also nicht Telepathie. Es war nur ein gutes Gedächtnis und Logik.

»Mike Shandon«, sagte ich leise.

»Ja. Ich wußte zu wenig über ihn, sonst hätte ich ihn nicht wiedererweckt.«

Ich hätte gleich daraufkommen sollen. Auf die Tatsache, daß er alle zurückgerufen hatte, meine ich. Aber ich Narr hatte nur an Kathy und an Rache gedacht.

»Du Idiot«, sagte ich, »du hirnverbrannter Idiot . . .«

Damals, als ich auf die Welt kam, hatte der Spion in der Öffentlichkeit ein weit besseres Image als etwa ein Angehöriger der Ledernacken oder der Militärakademie. Ich glaube, es war eine Flucht in die Romantik vor dem rauhen Alltag internationaler Spannungen. Der Held in den Siebzigern des zwanzigsten Jahrhunderts, an den ich mich mit einer gewissen Nostalgie erinnere, war der Mann mit der Blausäurekapsel unter der Zahnplombe, eine schöne Verräterin als Geliebte, im ständigen Konflikt zwischen Sex und Gewalt, Liebe und Tod. Natürlich hatte dieses Klischee mit der Wirklichkeit wenig zu tun. In den meisten Fällen handelte es sich um langweilige Kleinarbeit. Und heutzutage ist das eher noch schlimmer geworden. Ein Spion der Gegenwart sammelte die lächerlichsten Informationen und gibt sie an einen Kontaktmann weiter, der sie wiederum mit Tausenden ihrer Art in einen Computer speist. Heraus kommt dabei eine armselige Erkenntnis; man legt eine Aktennotiz an, heftet sie ein und vergißt sie. Wie bereits erwähnt, gibt es kaum interstellare Kriege und somit auch keinen Grund zur klassischen Militärspionage. Die einzig wirklich talentierten Spitzel werden heute in der Industrie beschäftigt. Der Mann, der im zwanzigsten Jahrhundert die Konstruktionspläne von Fords jüngstem Geisteskind auf Mikrofilm bannte, oder das Mädchen, das die neuesten Dior-Entwürfe im BH nach außen schmuggelte –

diesen Leuten schenkte man damals kaum Beachtung. Und doch waren sie die Vorläufer der heutigen Spione. Die Konkurrenz im interstellaren Handel ist enorm. Alles, was einen Vorsprung verschafft — ein neuer Herstellungsprozeß oder eine Frachtliste —, wird bezahlt. Und deshalb ist ein guter Industriespitzel sein Gewicht in Meerschaum wert.

Mike Shandon war ein guter Spion, der beste, den ich je beschäftigt hatte. Ich empfinde meist eine Spur von Neid, wenn ich an ihn denke. Er verkörperte alles, was ich einst angestrebt hatte.

Er überragte mich um gute fünf Zentimeter und war zwanzig Pfund schwerer als ich. Seine Augen hatten die Farbe von poliertem Mahagoniholz, und sein Haar war tiefschwarz. Er sah verdammt gut aus, hatte eine Stimme, auf die Mädchen flogen, und war immer perfekt gekleidet. Er war ein Bauernjunge von dem Landwirtschaftsplaneten Wava, aber er liebte die Exklusivität und das Abenteuer. Seine Bildung hatte er sich in einem Rehabilitierungszentrum angeeignet. Mit anderen Worten, er lernte in der Gefängnisbibliothek, was er wissen mußte, um künftig Gaunereien großen Stils betreiben zu können. Die Rehabilitierung war ein Erfolg. Es dauerte sehr lange, bis man ihn wieder erwischte. Gewiß, er hatte den anderen Menschen viel voraus. So viel, daß es mich eigentlich wunderte, wie man ihm überhaupt auf die Schliche kam. Er war Telepath, und er besaß ein geradezu fotografisches Gedächtnis. Er war kräftig, zäh und gewitzt, er wußte, wieviel Alkohol er vertrug, und die Weiber liefen ihm in Scharen nach. Sie sehen, mein Neid ist nicht unbegründet.

Er hatte bereits einige Jahre für mich gearbeitet, bevor ich ihn persönlich kennenlernte. Einer meiner Werber hatte ihn entdeckt und für die Sandow-Unternehmensgruppe angeheuert. Bei der Umschulung schnitt er glänzend ab. Sein Fachgebiet war die Produktforschung. Und da sein Name immer wieder in Geheimberichten auftauchte, lud ich ihn eines Abends zum Essen ein.

Ein ehrliches Gesicht und gute Manieren — mehr wußte ich nach diesem Zusammentreffen nicht von ihm. Er war der geborene Spitzel.

Unsere Rasse besitzt nicht viele Telepathen. Vor Gerichten wird die Aussage eines Telepathen nicht als Beweismaterial anerkannt. Aber jeder wird einsehen, wie wertvoll dieses Talent ist.

Ich war auch durchaus bereit, dafür zu bezahlen. Doch in diesem

Punkt gab es Schwierigkeiten: Shandon verbrauchte grundsätzlich mehr, als er verdiente.

Erst Jahre nach seinem Tod erfuhr ich von den Erpressungen, die auf sein Konto gingen. Was ihn allerdings zu Fall brachte, war die Tatsache, daß er nicht nur für mich arbeitete.

Wir wußten, daß sich ein Verräter in die Sandow-Unternehmen eingeschlichen hatte. Wir hatten keine Ahnung, wer es war und wie er sich die Informationen aneignete, und es dauerte fast fünf Jahre, bis wir es herausbrachten. Bis dahin stand meine Firma am Rand des Ruins.

Wir entlarvten ihn. Es war nicht leicht, und ich benötigte dazu die Unterstützung von vier weiteren Telepathen. Aber wir deckten sein Spiel auf und brachten ihn vor Gericht. Ich sagte gegen ihn aus, man verurteilte ihn und schickte ihn erneut in ein Rehabilitierungszentrum. Ich erschuf drei Welten, um meine Unternehmen vor dem Bankrott zu bewahren. Wir bügelten die Sache aus, aber leicht war es nicht.

Jahre später erfuhr ich dann, daß Shandon geflohen war. Die Nachricht verbreitete sich rasch, denn das Verfahren hatte damals Aufsehen erregt.

Man leitete die Fahndung nach ihm ein. Aber das Universum ist groß . . .

Ich erstand in Oregon, in der Nähe der Coos-Bay, eine Villa am Meer, weil ich zwei bis drei Monate auf der Erde zu tun hatte; es galt, den Zusammenschluß meiner Unternehmen mit zwei nordamerikanischen Konzernen herbeizuführen.

Ein Aufenthalt an der See ist das beste Heilmittel gegen seelische Erschöpfung. Das Wasser, die Möwen, Tang und Sand, ein leichter Salzgeschmack und das gleichförmige Klatschen der graugrünen, schaumbedeckten Wellen — das ordnet die Gefühle, klärt den Blick, wäscht das Gewissen rein. Ich wanderte jeden Morgen vor dem Frühstück und jeden Abend vor dem Schlafengehen über den Strand. Für neugierige Mitmenschen hieß ich Carlos Palermo. Nach sechs Wochen fühlte ich mich wieder frisch und erholt; und auch meine Finanzen kamen durch den Konzernzusammenschluß wieder in Ordnung.

Die Villa, ein weißes Stuckgebäude mit rotem Ziegeldach und einem abgeschlossenen Garten dahinter, befand sich in einer kleinen Bucht dicht neben dem Wasser. In der Mauer, die das Grundstück zum Meer hin begrenzte, war ein schmiedeeisernes Tor, und dahinter lag der Strand. Im Süden erhob sich eine steile graue Schieferklippe; im Norden ging der Sand in ein Gewirr von niedrigen Sträuchern und Bäumen über. Alles war friedlich, und ich fühlte mich vollkommen entspannt.

Die Nacht war frisch, beinahe kalt. Ein aufgeblähter Dreiviertelmond wanderte nach Westen. Sein Saum berührte das Wasser. Die Sterne leuchteten außergewöhnlich hell. Weit draußen auf der bewegten See erkannte ich die Umrisse einer Bohrinsel.

Ich hörte ihn nicht kommen. Offenbar hatte er sich durch das Unterholz im Norden vorgearbeitet und gewartet, bis ich in seine Nähe kam. Er schlich sich von hinten an und warf sich auf mich.

Es ist für einen Telepathen im allgemeinen leichter, als man denkt, seine Gedanken abzuschirmen. Nur wenn die Gefühle stärker sind als die kühle Vernunft, verrät er sich. Und Shandon haßte mich wie die Pest. Das rettete mir vielleicht das Leben.

Ich kann nicht sagen, daß ich eine konkrete Gefahr spürte. Aber eine plötzliche Unruhe erfaßte mich — namenlose Gedanken, wie sie manchmal auftauchen, wenn man in einer stillen, lauen Sommernacht aus dem Schlaf schrickt und nicht weiß, weshalb. Meine Zehen und Fingerspitzen prickelten, die Nacht erschien um eine Spur dunkler und die See erfüllt von Ungeheuern. Selbst die Transportmaschine hoch oben in der Atmosphäre wirkte bedrohlich. Wenn nun die Triebwerke versagten und das Ding wie ein Meteor auf mich niedersauste?

Als ich den Sand hinter mir knirschen hörte, war mein Adrenalinspiegel bereits gestiegen.

Ich wirbelte geduckt herum, glitt jedoch im feuchten Sand aus und stürzte auf ein Knie.

Ein Schlag gegen die rechte Schläfe warf mich ganz zu Boden. Dann war der Feind über mir, wir rollten im Sand umher, und jeder versuchte, den anderen mit seinem Körpergewicht unter Kontrolle zu bringen. Schreien wäre Energieverschwendung gewesen; es befand sich niemand in der Nähe. Ich versuchte ihm Sand in die Augen zu werfen, ich versuchte ihm das Knie in den Unterleib zu stoßen, ich tastete nach seinem Solarplexus und anderen schmerzempfindlichen Stellen. Aber er war wendig und wog mehr als ich.

So merkwürdig es klingt, wir kämpften etwa fünf Minuten, bis ich erkannte, wer mein Gegner war. Inzwischen hatten wir uns bis zur Brandung gewälzt; ich hatte ein zertrümmertes Nasenbein und zwei gebrochene Finger. Das Mondlicht fiel auf sein schweißnasses Gesicht, und ich sah, daß es Shandon war. Im gleichen Moment wußte ich, daß ich ihn töten mußte. Es genügte nicht, ihn niederzuschlagen. Ein Gefängnis- oder Krankenhausaufenthalt zögerte die Entscheidung nur hinaus. Er mußte sterben, wenn ich am Leben bleiben wollte. Ich glaube, daß er das gleiche dachte.

Sekunden später spürte ich etwas Spitzes, Hartes im Rücken, und ich warf mich nach links. Wenn ich beschlossen habe, jemanden umzubringen, dann ist mir die Methode gleichgültig. Es geht nur darum, daß ich schneller zuschlage.

Während mir der Gischt in die Augen sprühte und Shandon meinen Kopf unter Wasser zu drücken versuchte, tastete meine Rechte nach dem Stein und fand ihn.

Der erste Hieb prallte von seinem Arm ab, den er schützend hochgerissen hatte. Telepathen besitzen gewisse Vorteile bei einem Kampf, da sie sofort erkennen, was der Gegner vorhat. Aber es ist schrecklich, wenn man es erkennt und nichts dagegen tun kann. Mein zweiter Hieb traf die linke Augenhöhle, und da wußte er wohl, daß es vorbei war, denn er stieß einen tierischen Schrei aus. Im nächsten Moment erwischte ich seine Schläfe, zweimal. Ich schob den leblosen Körper zur Seite. Der Stein entglitt mir und klatschte ins Wasser.

Lange Zeit blieb ich einfach liegen und starrte in die Sterne, während die Wellen den Toten hin und herschaukelten.

Als ich mich gefangen hatte, durchsuchte ich ihn. Ich fand unter anderem eine geladene Pistole.

Mit anderen Worten, er hatte mich mit bloßen Händen umbringen wollen. Es wäre ihm ein leichtes gewesen, mich aus dem Dunkeln abzuknallen, aber er hatte Mut genug besessen, dem Gebot seines Hasses zu folgen. Dafür bewunderte ich ihn. Im umgekehrten Fall hätte ich den einfachen Weg gewählt.

Ich meldete den Zwischenfall, und die Polizei holte den Toten ab. Irgendwo in Dallas wurde er zu einem winzigen Lochstreifen, der weniger als eine Unze wog.

Wochen später, am Vorabend meiner Abreise, stand ich auf dem gleichen Fleck. Jenseits des Großen Teiches lag irgendwo die Tokio-Bucht, und ich wußte, daß man nicht zurückkehrte, wenn man einmal untergegangen war. Die Sterne verzerrten sich im Wasser, und obwohl ich es damals nicht wußte, lachte irgendwo ein grünhäutiges Geschöpf. Es hatte seine Netze in die Bucht getaucht.

»Du hirnverbrannter Idiot!« sagte ich.

Und nun sollte ich das alles noch einmal durchstehen. Ärger stieg in mir hoch. Aber mit dem Ärger vermischte sich eine gewisse Furcht. Shandon hatte einmal den Fehler begangen und seinen Gefühlen freien Lauf gelassen. Diesmal würde er auf der Hut sein. Er war zäh und gefährlich, und nun besaß er offensichtlich eine Waffe, die ihn noch gefährlicher machte. Außerdem wußte er, daß ich mich auf Illyria befand, da ich Green Green meine Botschaft entgegengesandt hatte.

»Du hast mir zusätzliche Probleme aufgegeben«, sagte ich. »Deshalb wirst du mir jetzt auch helfen, sie zu lösen.«

»Wie meinst du das?« fragte Green Green.

»Der Köder, den du ausgelegt hast, reizt mich immer noch«, erklärte ich. »Aber die Gefahr, in die Falle zu laufen, hat sich vergrößert. Ich verlange, daß du mich begleitest und unterstützt.«

Er lachte.

»Tut mir leid, mein Weg führt in die entgegengesetzte Richtung. Freiwillig komme ich nicht mit, und als Gefangener hätte ich wenig Wert für dich. Im Gegenteil, ich würde dich behindern.«

»Es gibt drei Möglichkeiten«, erwiderte ich. »Ich töte dich auf der Stelle, ich lasse dich laufen, oder ich nehme dich mit. Die erste können wir im Moment vergessen. Als Toter nützt du mir nichts. Nehmen wir die zweite. Du gehst deiner Wege, und ich bin wie zu Beginn ganz auf mich gestellt. Falls ich mein Ziel erreiche, werde ich nach Megapei zurückkehren und berichten, wie kläglich dein jahrhundertelang vorbereiteter Racheplan gescheitert ist. Ich werde erzählen, daß du vor einem Terraner geflohen bist. Wenn du eine Frau begehrst, wirst du sie auf einer Welt weit weg von Megapei suchen müssen – und selbst dann wird sie irgendwann von deiner Schmach erfahren. Keiner wird dich *Dra* nennen, trotz deines Wohlstands. Und wenn du stirbst, wird Megapei sich weigern, deine Gebeine zu begraben.«

»Mögen die blinden, weißbäuchigen Geschöpfe am Grunde des großen Ozeans dich bis aufs Mark zernagen!« fauchte er.

Ich formte einen Rauchring. »Und wenn ich allein in den Kampf ziehe und umkomme, entgehst du der Schande ebenfalls nicht. Hast du Mike Shandon so wenig durchschaut? Sagtest du nicht, daß du ihn verwundet hast? Ein Mann wie er vergißt so etwas nie. Und er geht nicht so umständlich ans Werk wie ein Pei'an. Er heckt keine raffinierten Pläne aus. Er wird dir ganz einfach nachspüren, und wenn er dich gefunden hat, schießt er dich nieder. Du siehst, dein Ende ist in jedem Fall Schmach oder Tod.«

»Angenommen, ich begleite dich?«

»Dann vergesse ich die Feindschaft, die zwischen uns stand«, entgegnete ich. »Ich beweise dir sogar, daß es nie eine echte *Pai'badra* gegeben hat, damit du ohne Ehrverlust von dieser Rache ablassen kannst. Und ich fordere keine Wiedergutmachung. Du kannst frei deiner Wege ziehen, sobald die Sache hier erledigt ist.«

»Nein«, sagte er. »Die *Pai'badra* bestand darin, daß man dich, einen Terraner, zum Namensträger machte und meine Dienste verschmähte. Ich kann den Vorschlag nicht annehmen.«

Ich zuckte mit den Schultern. »Und was hältst du davon? Da ich deine Gefühle und Absichten kenne, wäre es sinnlos, einen klassischen Racheplan auszuarbeiten. Der herrliche letzte Augenblick, in dem das Opfer erkennt, daß sein bisheriges Leben nichts als eine Einleitung für das Drama der *Pai'badra* war – dieser Augenblick wäre verdorben.

Wenn du kein Verzeihen willst, biete ich dir Genugtuung«, fuhr ich fort. »Du stehst mir jetzt bei, und ich gebe dir danach eine faire Gelegenheit, mich zu töten. Natürlich fordere ich die gleiche Chance. Wie findest du das?«

»Welche Waffen hattest du im Sinn?«

»Noch keine. Darüber einigen wir uns bestimmt.«

»Und welche Sicherheit gibst du mir?«

»Ich schwöre bei dem Namen, den ich trage.«

Er wandte sich ab und schwieg eine Weile, dann meinte er: »Gut, ich beuge mich deinen Bedingungen.«

»Dann gehen wir zum Lager. Du hast Dinge angedeutet, über die ich mehr erfahren muß.«

Ich kehrte ihm den Rücken zu und ging los, ohne mich noch einmal umzudrehen. Am Lagerplatz angelangt, stocherte ich in der Glut und legte neue Zweige auf.

Ein leichtes Zittern durchlief den Boden.

»Warst du das?« fragte ich, als wir auf der Schutzhaut Platz genommen hatten. Ich deutete nach Nordwesten.

»Zum Teil«, entgegnete er.

»Weshalb? Wolltest du mich einschüchtern?«

»Nicht dich.«

»Und Shandon zeigte sich nicht beeindruckt?«

»Alles andere als das.«

»Ich schlage vor, daß du mir der Reihe nach erzählst, was sich zugetragen hat.«

»Sofort – aber mir ist eben noch eine Lösung unseres Problems eingefallen, die dich vielleicht reizt.«

»Ja?«

»Du willst doch dorthin –« Er wies auf den Feuerschein – »um deine Freunde zu retten. Angenommen, es gäbe eine Möglichkeit sie ohne Gefahr zurückzugewinnen? Angenommen, wir könnten Mike Shandon ganz aus dem Weg gehen? Wäre dir das nicht lieber? Oder forderst du jetzt, auf der Stelle, sein Leben?«

Ich saß da und dachte darüber nach. Wenn ich ihn verschonte, war er früher oder später wieder hinter mir her. Andererseits, wenn ich das erhielt, was ich wollte, ohne ihm gegenüberzutreten, gelang es mir später sicher noch, ihn irgendwie auszuschalten. Aber ich war nach Illyria gekommen, um meinen Todfeind zu besiegen. Was machte es, daß sich die Namen und Gesichter verändert hatten? Und doch . . .

»Wie lautet dein Vorschlag?«

»Deine Bekannten«, begann er, »sind hier, weil ich ihnen das Leben gab. Die Bander, die mir dabei halfen, liegen in einem sicheren Versteck, das nur ich kenne. Wenn du es verlangst, setzte ich mein besonderes Talent ein und hole sie auf der Stelle herbei. Dann verschwinden wir von dieser Welt, und du kannst deine Freunde noch einmal erschaffen. Eine Bombe vom Schiff aus – ich zeige dir die günstigste Stelle – und Mike Shandon ist erledigt, ohne daß wir selbst in Gefahr geraten. Hältst du das nicht für einfacher? Unsere Differenzen bügeln wir später aus, wie es abgemacht war.«

»Die Sache hat zwei Haken«, erwiderte ich. »Erstens gibt es bestimmt keine Matrix für Ruth Laris. Und zweitens würde ich meine Freunde im Stich lassen, egal, ob ich sie später ins Leben zurückrufe oder nicht.«

»Die Menschen, die du neu schaffst, haben keine Erinnerung daran.«

»Darum geht es nicht. Ihre Doppelgänger auf Illyria sind so echt wie du und ich. Sie befinden sich auf der Toteninsel, nicht wahr?«

»Ja.«

»Wenn ich also Shandon vernichte, sterben auch sie.«

»Das ist die zwingende Logik. Aber . . .«

»Ich lehne deinen Vorschlag ab.«
»Gibt es sonst noch etwas?«
»Das steht dir frei.«
»Nein.«
»Gut, dann weichen wir nicht länger vom Thema ab: Was hat sich zwischen dir und Shandon abgespielt?«
»Er trägt einen Namen.«
»Was?«
»Der Schatten Belions steht hinter ihm.«
»Aber das gibt es nicht. Er ist kein Weltenformer . . .«
»Gedulde dich einen Augenblick, Frank, ich werde dir alles erklären. Offensichtlich hat dir *Dra* Marling einige Dinge vorenthalten. Nun ja, er war Revisionist, und das macht seine Haltung verständlich.«
Nach einer kleinen Pause fuhr er fort: »Man braucht nicht unbedingt einen Namen, um Welten zu entwerfen und zu bauen . . .«
»O doch! Er ist eine psychologische Notwendigkeit. Er macht die unterbewußten Potentiale frei, die für bestimmte Phasen des Werkes wichtig sind. Wenn man die Arbeit eines Gottes verrichtet, muß man sich wie Gott fühlen.«
»Weshalb kann ich dann Welten schaffen?«
»Du warst mir unbekannt, bis ich deine Feindschaft spürte. Ich habe kein einziges deiner Werke gesehen — nur das Zerrbild, das du aus Illyria gemacht hast! Wenn das typisch für deine Arbeit ist, empfinde ich Mitleid für dich.«
»Ansichtssache«, meinte er. »Aber es ist offensichtlich, daß ich etwas von dem Handwerk verstehe.«
»Soviel wie du kann jeder lernen. Doch wenn das schöpferische Element fehlt . . .«
»Der Strantri-Kult ist älter als jeder Weltenformer.«
»Ich weiß — und?«
»Revisionisten wie *Dra* Marling und seine Vorläufer mißbrauchten die alte Religion für ihre Zwecke. Sie nahmen sie nicht als das, was sie war, sondern als psychologisches Hilfsmittel. Deine Bestätigung als Shimbo diente nur dazu, dein Unterbewußtsein zu koordinieren. Für einen Fundamentalisten ist das eine Gotteslästerung.«
»Du bist Fundamentalist?«
»Ja.«
»Aber du hast bei einem Weltenformer Unterricht genommen.«

»Um einen Namen zu erhalten.«

»Jetzt verstehe ich überhaupt nichts mehr.«

»Ich tat es aus religiösen Gründen. Es kam mir auf den Namen an, nicht auf das Handwerk.«

»Aber wenn er nur ein psychologisches Hilfsmittel ist . . .«

»Das stimmt eben nicht! Man gewinnt durch die Zeremonie einen persönlichen Kontakt zu dem Gott, der sich gnädig zeigt. Die Hohenpriester der Strantri-Religion vollzogen das Ritual bei ihrer letzten Weihe.«

»Und warum bist du nicht Priester geworden?«

»Weil man die Zeremonie nur bei einem Namensträger lernen kann und alle siebenundzwanzig Namensträger Revisionisten sind. Sie weigerten sich, das Ritual aus Glaubensgründen durchzuführen.«

»Inzwischen sind es nur noch sechsundzwanzig«, warf ich ein.

»Sechsundzwanzig?«

»*Dra* Marling ruht in der Gruft am Berg, und Lorimel, der Vielfingrige, ist ins glückliche Nichts zurückgekehrt.«

Er senkte den Kopf und schwieg eine Weile. Dann seufzte er. »Wieder einer weniger. Ich erinnere mich an die Zeit, als es noch dreiundvierzig waren.«

»Eine traurige Geschichte.«

»Ja.«

»Weshalb wolltest du einen Namen?«

»Um Priester zu werden, nicht Weltenformer. Aber die Revisionisten duldeten einen wie mich nicht in ihren Reihen. Ich schloß meine Ausbildung zwar ab, aber dann verstießen sie mich. Und um die Kränkung vollkommen zu machen, verliehen sie den nächsten Namen einem Nicht-Pei'an.«

»Ich verstehe. Deshalb dein Racheplan . . .«

»Ja.«

»Ich hatte mit den Geschehnissen nichts zu tun. Im Gegenteil, ich höre diese Geschichte heute zum erstenmal. Ich dachte immer, es gäbe keine Glaubensspaltung in der Strantri-Religion.«

»Nun weißt du es besser. Ich empfinde übrigens keinen persönlichen Haß gegen dich. Meine Rache sollte ein Schlag gegen die Gotteslästerer sein.«

»Aber warum übst du die Tätigkeit eines Weltenformers aus, wenn du sie unmoralisch findest?«

»Nicht die Tätigkeit ist unmoralisch, sondern die Unterjochung der Religion zu einem wirtschaftlichen Zweck. Streng genommen trage ich keinen Namen, und mein Talent verhilft mir zu Wohlstand. Weshalb sollte ich es also nicht ausnützen?«

Ich nickte. »Aber was hast du mit Belion, und vor allem, was hat Mike Shandon mit Belion zu tun?«

»Es war eine Sünde, und nun kommt die gerechte Strafe. Eines Nachts unternahm ich das Ritual selbst, im Tempel von Prilbei. Du weißt, wie es ist, wenn man das Opfer gebracht und die Worte gesprochen hat. Man geht die Tempelmauer entlang und betet zu den Göttern, bis eine der Tafeln aufleuchtet und man die Macht in sich spürt.«

»Ja.«

»So geschah es, daß ich Belions Station erreichte.«

»Du hast dir den Namen also selbst gegeben?«

»Ich bekam ihn von Belion. Ich konnte nichts dagegen tun. Eigentlich wollte ich ihn gar nicht, denn Belion ist ein Vernichter, kein Schöpfer. Ich hatte gehofft, daß Kirwar mit den Vier Gesichtern, der Vater der Blumen, mich erhören würde.«

»Jeder muß sich der göttlichen Bestimmung fügen.«

»Das stimmt, aber ich trug den Namen zu Unrecht. Belion gängelte mich unablässig, auch wenn ich ihn nicht rief. Ich weiß nicht, vielleicht trieb er mich sogar zu diesem Racheplan, weil Shimbo sein Erzfeind ist. Ja, es ist durchaus möglich. Seit er mich verlassen hat, sehe ich vieles mit anderen Augen ...«

»Wie konnte er dich verlassen? Die Bestimmung gilt für das ganze Leben.

»Vielleicht fühlte er sich nicht an mich gebunden, weil das Ritual ein Betrug war. Jedenfalls ist er jetzt fort.«

»Shandon ...«

»Ja. Er gehört zu den wenigen deiner Rasse, die sich wie du ohne Worte verständigen können.«

»Bei mir war es nicht immer so. Erst Marling hat diese Kraft in mir geweckt.«

»Als ich ihn zurückrief, las ich in seinen Gedanken zuallererst den Ärger darüber, daß du ihn getötet hattest. Aber er unterdrückte diese Gefühle rasch, erstaunlich rasch, und orientierte sich. Seine Denkvorgänge faszinierten mich, und ich zog ihn den anderen vor, die ich zum Teil wie Gefangene behandeln mußte. Ich unterhielt mich oft mit ihm und brachte ihm viele Dinge bei. Schließlich half er mir bei den Vorbereitungen für deine Ankunft.«

»Wie lange lebt er bereits?«

»Etwa einen *Splanth.«* (Ein *Splanth* entspricht achteinhalb Erdmonaten.) »Ich rief sie alle um die gleiche Zeit zurück.«

»Weshalb hast du Ruth Laris entführt?«

»Ich dachte, du würdest vielleicht nicht glauben, daß ich deine Toten zurückgeholt hatte. Jedenfalls unternahmst du nicht viel, als die Fotos eintrafen. Es hätte mir Vergnügen bereitet, dich lange nach meinem Schlupfwinkel suchen zu lassen. Da du jedoch keine Anstalten dazu trafst, beschloß ich, deutlicher zu werden. Ich entführte Ruth Laris und schickte dir eigenhändig eine Botschaft. Hättest du auch darauf nicht reagiert, wäre erneut jemand, der dir nahestand, verschwunden.«

»Shandon entwickelte sich also zu deinem Schützling und Vertrauten.«

»Ja. Er besaß eine rasche Auffassungsgabe und gute Manieren. Ich hatte ihn gern um mich.«

»Bis vor kurzem.«

»Hmm. Es stellte sich heraus, daß ich sein Interesse und seine Hilfsbereitschaft mißverstanden hatte. Natürlich teilte er meine Rachegelüste. Das taten übrigens auch deine anderen Feinde, aber sie waren nicht so klug wie er, und keiner besaß telepathische Fähigkeit. Es machte mir Spaß, mit jemandem meine Gedanken auszutauschen.«

»Und was führte zum Bruch der innigen Freundschaft?«

»Er war noch raffinierter, als ich geglaubt hatte. Er legte mich herein.«

»Inwiefern?«

»Gestern sagte er plötzlich, daß er mehr als deinen Tod wolle, daß es ihm auf eine persönliche Rache ankäme. Wir gerieten darüber in Streit. Schließlich weigerte er sich, meinen Befehlen Folge zu leisten, und ich drohte, daß ich ihn bestrafen würde.«

Er schwieg einen Moment, dann fuhr er fort: »Er versetzte mir einen Schlag ins Gesicht. Zorn stieg in mir hoch, als ich ihn abwehrte, und ich beschloß, ihm meine Macht zu zeigen. So rief ich den Namen, den ich trug, und Belion hörte mich und kam. Ich tastete nach einer Energiequelle und beschwor die Dämpfe und Flammen herauf, die im Herzen jeder Welt wohnen. Ein tiefer Riß klaffte im Boden, und um ein Haar wäre er hineingestürzt. Aber es gelang ihm trotz seiner Brandwunden, wieder das Gleichgewicht zu erlangen. Er hatte seine Absicht erreicht — er hatte mich gezwungen, Belion herbeizuholen.«

»Wozu denn?«

»Er kannte meine Geschichte. Ich hatte sie ihm ebenso erzählt wie dir. Er wußte, wie ich zu dem Namen gekommen war, und er hatte heimlich einen Plan ausgeheckt. Als ich sah, was er beabsichtigte, lachte ich. Ich glaubte auch, daß es solche Dinge nicht geben könne. Aber ich täuschte mich. Er schloß einen Pakt mit Belion.

Er hatte mich nur deshalb in Zorn gebracht, weil er wußte, daß ich den Namen anrufen würde. Als der Schatten dann über mich kam, schickte er seine Gedanken aus, und sie erreichten Belion: ›Sieh mich an! Bin ich deiner nicht würdiger als der, den du gewählt hast? Komm, präge meinem Innern deinen Stempel auf und verfüge über meinen Körper! Verlaß den Pei'an und bleib bei mir bis ans Ende meiner Tage! Ich lade dich ein. Ich bin besser als jeder andere geeignet, dir zu dienen, denn ich liebe das Feuer und die Zerstörung. Weißt du, daß Green Greens heimliche Sehnsucht dem Vater der Blumen gilt? Komm zu mir — die Verbindung wird von Vorteil für uns beide sein‹.«

Hier machte er wieder eine Pause.

»Und?« fragte ich.

»Plötzlich war ich allein.«

Irgendwo krächzte ein Vogel. Aus den Poren der Nacht strömte Nebel und legte sich um die Welt. Die Dämmerung war nahe. Ich starrte ins Feuer und sah keine Gesichter.

»Scheint nicht ganz mit der Theorie vom Autonomiekomplex übereinzustimmen«, murmelte ich. »Aber ich habe schon von Fällen gehört, bei denen sich Psychosen von einem Telepathen auf den anderen übertrugen. So etwas könnte es sein.«

»Nein. Belion und ich waren durch göttliche Bestimmung aneinander gebunden. Er fand einen besseren Mittler und verließ mich.«

»Ich glaube nicht so recht, daß er ein unabhängiges Ganzes ist.«

»Du — ein Namensträger? Hüte deine Zunge!«

»Schon wieder auf der Suche nach einer *Pai'badra*? Du hast wohl vergessen, wohin dich die erste gebracht hat. Was geschah, nachdem Shandon seinen Pakt mit Belion geschlossen hatte?«

»Er wandte sich langsam von der Erdspalte ab, die sich zwischen uns aufgetan hatte. Er kehrte mir den Rücken zu, als sei ich Luft. Ich tastete mit meinen Gedanken nach ihm und stieß auf Belion.

Plötzlich hob er die Arme, und die ganze Insel begann zu zittern. Da drehte ich mich um und floh. Ich löste das Boot von der Anlegestelle und ruderte aufs Festland zu. Nach einiger Zeit begann das Wasser um mich zu brodeln. Dann flog Gestein hoch. Ich schaffte es bis zum Ufer, und als ich mich umdrehte, erhob sich bereits die Spitze des Vulkans aus dem See. Shandon stand auf der Insel. Er hatte immer noch die Arme erhoben. Rauch und Funken umgaben ihn. Dann beschloß ich, dir entgegenzugehen, und kurze Zeit später erhielt ich deine Botschaft.«

»Konnte er schon vor dem Ereignis mit den Energiequellen umgehen?«

»Nein, er kannte sie nicht einmal.«

»Was ist mit den anderen, die du zurückgerufen hast?«

»Sie befinden sich alle auf der Insel. Einige stehen unter Drogeneinfluß.«

»Ich verstehe.«

»Vielleicht überlegst du dir meinen Vorschlag jetzt noch einmal.«

»Nein.«

Wir saßen da, bis sich im Osten die erste Helligkeit zeigte. Der Nebel verflog, aber der Himmel war immer noch trüb. Als die Sonne aufging, setzte sie die Wolkenränder in Brand. Ich dachte an Shandon, der mit seinem Vulkan spielte. Jetzt mußte man ihn angreifen, jetzt, da er von seinen neuen Kräften noch berauscht war. Ich hätte ihn gern von der Insel fortgelockt, in einen Teil Illyrias, den Green Green noch nicht verunstaltet hatte — in dem die Lebewesen noch meine Verbündeten waren. Aber darauf ging er sicher nicht ein. Zumindest mußte ich versuchen, ihn von den übrigen Inselbewohnern zu trennen. Wie ich das allerdings bewerkstelligen sollte, wußte ich nicht.

»Wie lange hast du gebraucht, um Illyria zu verändern?« fragte ich.

»Mit diesem Teil hier begann ich vor etwa dreißig Jahren«, entgegnete er.

Ich schüttelte den Kopf, stand auf und warf Erde auf das Feuer, bis es erstickt war.

»Komm. Wir wollen keine Zeit verlieren.«

Die nordische Sage stellt an den Anfang des Seins Ginungagap, eingehüllt in ewiges Dämmerlicht, im Norden von Eis, im Süden von Flammen gesäumt. Im Laufe der Zeitalter prallen die beiden

Mächte aufeinander, Flüsse beginnen zu strömen, und Leben regt sich im Abgrund. Die Sumerer glaubten, daß En-ki, der Feuergott, den Meeresdrachen Tiamat besiegte und so Wasser und Land trennte. Für die Azteken bedeutete ein Feuerhimmel das Heraufziehen eines neuen Zeitalters. Dazu kommen die Vorstellungen vom Ende der Welt: das Jüngste Gericht, die Götterdämmerung, die Verschmelzung der Atome. Ich habe Welten und Völker sterben gesehen, und für mich war es immer das gleiche: Feuer und Wasser.

Trotz aller Naturwissenschaften sind wir rein gefühlsmäßig Alchimisten geblieben. Wir leben in einer Umgebung von Festkörpern, Flüssigkeiten und Gasen, die ihren Zustand durch Wärmevorgänge ändern. Das sind die Dinge, die wir wahrnehmen, die wir fühlen. Alles andere baut darauf. Der Alltag kommt mit den vier Elementen der Klassik aus: Erde, Luft, Feuer und Wasser.

Geben wir es zu, die Luft beeindruckt uns nicht weiter. Sie ist unsichtbar, und solange sie uns nicht zum Atmen fehlt, beachten wir sie kaum. Die Erde? Ihr Nachteil ist die Dauerhaftigkeit. Festkörper existieren mit beharrlicher Monotonie.

Anders jedoch Feuer und Wasser. Sie sind amorph, farbenprächtig und immer in Bewegung. Wenn Propheten ihr sündiges Volk zur Buße aufrufen, beschwören sie selten Bilder von Erdrutschen oder Wirbelstürmen herauf. Nein, sie drohen mit Feuer und Sintfluten. Ist es Zufall, daß wir unsere Höllen mit Flammen und unsere Meere mit Ungeheuern ausgestattet haben? Ich glaube nicht. Beide Elemente sind unstet, veränderlich – ein Zeichen für Leben. Beide sind geheimnisvoll, und beide können verletzen oder töten. Kein Wunder, daß sämtliche Rassen im Universum eine gewisse Scheu vor Feuer und Wasser empfinden. Es ist die Alchimistenreaktion.

Kathy und ich – Feuer und Wasser. Es war eine stürmische, bewegte, geheimnisvolle Beziehung gewesen, schmerzhaft, erfüllt von der Kraft, Leben und Tod zu geben. Kathy war ein zierliches dunkelhaariges Mädchen mit schönen Händen, das leuchtende Farben liebte und die Vögel im Park fütterte. Eine Agentur auf der Welt Mael hatte sie mir als Sekretärin vermittelt. Früher genügte es, wenn ein Mädchen in diesem Beruf tippen, stenografieren und Akten führen konnte. Aber Kathy besaß einen Doktorgrad für Sekretariatswissenschaften. Mein Gott, das erste Jahr war schlimm! Sie automatisierte alles, verpfuschte die schöne Ordnung, die ich mir geschaffen hatte, und brachte es schließlich soweit, daß ich mit meiner Korrespondenz ein halbes Jahr im Rückstand war. Ich wurde energisch und ließ – zu beträchtlichen Kosten – eine Schreibmaschine des zwanzigsten Jahrhunderts nachbauen. Sobald sie damit umgehen konnte, brachte ich ihr Stenografie bei, und sie machte ihre Sache ebensogut wie eine Handelsschülerin meiner Zeit. Der Briefverkehr normalisierte sich. Sie war eine helle kleine Flamme, die ich anfangs oft genug erstickte. Wenn ich sie in Tränen aufgelöst fand, tat mir meine Härte leid. Nach einiger Zeit jedoch wurde sie unentbehrlich für mich, nicht nur als Sekretärin. Wir heirateten, und es folgten sechs glückliche Jahre – sechseinhalb, genauer gesagt. Sie kam bei der Brandkatastrophe der Miami-Docks ums Leben, als sie mich zu einer Konferenz abholen wollte. Wir hatten zwei Söhne, und einer lebt heute noch. Immer wieder hat mich das Feuer verfolgt und mir Unglück gebracht. Das Wasser dagegen ist mein Freund.

Nun, obwohl ich mich dem Wasser näher fühle als dem Feuer, bestehen meine Welten aus beiden Elementen. Cocytus, New Indiana, St. Martin, Buningrad, Illyria – sie alle bildeten sich in Flammen und Wasserdampf. Ich glaube, Kathy hätte es auf Illyria gefallen – auf *meinem* Illyria. Aber von der Ferienwelt, die ich geschaffen hatte, war nicht mehr viel übrig. Die Bäume wirkten verkrüppelt, das Wasser war verseucht, das Land verwundet. Feuer loderte aus dem Vulkankegel, und Ruß stieg zu den Wolken auf. Der Gedanke, daß Kathy jetzt hier weilte, machte mich elend.

Wir wanderten etwa eine Stunde, dann klagte Green Green über Müdigkeit und Schmerzen in der Schulter. Ich erklärte ihm, daß er mein ganzes Mitleid besaß, solange er weiterging. Offenbar gab er sich damit zufrieden, denn er schwieg. Wieder eine Stunde später gönnte ich ihm eine kleine Rast, während ich auf einen Baum kletterte, um das Gelände zu beobachten. Wir waren unserem Ziel nahe. Der Rest des Weges führte ständig bergab. Der Nebel hatte sich verflüchtigt, und die Temperatur stieg an. Ich schwitzte, als ich von Ast zu Ast stieg. Die harte Rinde riß mir die Hände auf. Rußwolken hüllten mich ein. Meine Augen brannten und tränten.

Die höheren Berge der Insel ragten über die Baumwipfel. Etwas weiter links erkannte ich den rauchenden Kegel des neuen Vulkans. Fluchend kletterte ich in die Tiefe.

Es dauerte weitere zwei Stunden, bis wir das Ufer des Acheron erreicht hatten.

Auf den öligen Pfützen meines Sees spiegelten sich Flammen. Lava und heiße Gesteinsbrocken versanken mit lautem Zischen. Ich fühlte mich schmutzig und verschwitzt. Wo die Wellen ans Ufer schlugen, zog sich ein breiter schwarzer Streifen über den Sand. Im Wasser selbst schwamm fettiger Ruß. Fische schaukelten mit aufgeblähten weißen Bäuchen im seichten Wasser, und fauliger Gestank erfüllte die Luft. Ich setzte mich auf einen Felsblock und rauchte eine Zigarette.

Eine Meile weiter draußen erhob sich meine Toteninsel, noch unverändert – scharf und dunkel wie ein Schattenriß. Ich beugte mich vor und tauchte einen Finger ins Wasser. Der See war heiß, sehr heiß.

»Ich kam etwa eine Viertelmeile westlich von hier an Land«, sagte Green Green.

Ich nickte und starrte weiterhin über das Wasser. Die Südseite der Insel besaß einen schmalen Strand, der sich etwa siebzig Meter entlang einer Bucht erstreckte. Von dort führte ein gewundener Felspfad die Bergflanke hinauf, über ein paar Plateaus bis zu den Gipfelzinnen.

»Wo wird er sich aufhalten?« fragte ich.

»Oben im Chalet«, entgegnete Green Green. »Dort hatte ich mein Labor. Ich baute viele der Felshöhlen aus.«

Das hieß, daß sich eine Annäherung von vorn vermutlich nicht vermeiden ließ. Nur im Süden war Strand. Überall sonst ragten die Klippen steil und unzugänglich aus dem Wasser.

Oder . . .

Ich bezweifelte, daß Green Green, Shandon oder sonst jemand den Zugang von der nördlichen Felswand her kannte. Ich hatte sie so entworfen, daß sie abweisend aussah, aber sie war es nicht. Ein Fluchtweg für den Notfall – nun kam mir meine Voraussicht zugute. Ich beschloß, das Geheimnis bis zum letzten Moment für mich zu behalten. Green Green war Telepath. Woher wußte ich, daß Shandon keinen Einfluß auf ihn ausübte? Möglicherweise war die ganze Geschichte erlogen.

»Komm«, sagte ich. Ich stand auf und schnippte den Zigarettenstummel in die schmutzige Brühe des Sees. »Zeig mir die Stelle, wo du das Boot gelassen hast!«

Er ging voraus, aber er fand das Boot nicht.

»Weißt du genau, daß du hier an Land gegangen bist?«

»Ja.«

»Wo ist der Kahn dann?«

»Vielleicht rutschte er durch einen der Erdstöße ins Wasser und trieb ab.«

»Könntest du trotz deiner verletzten Schulter bis zur Insel schwimmen?«

»Ich bin Pei'an«, entgegnete er, und das hieß, daß er selbst mit zwei verletzten Schultern den Ärmelkanal durchqueren würde. Ich hatte die Frage nur gestellt, um ihn zu ärgern.

». . . aber wir werden es dennoch nicht schaffen«, setzte er hinzu.

»Warum nicht?«

»Von dem Vulkan gehen heiße Strömungen aus. Weiter draußen sind sie noch schlimmer als hier.«

»Dann bauen wir uns ein Floß«, erklärte ich. »Während ich mit meinem Laser ein paar Bäume fälle, suchst du etwas, das sich zum Zusammenbinden eignet.«

»Was zum Beispiel?«

»Lianen. Davon gibt es dank deiner eifrigen Umgestaltung genug.«

»Die Dinger sind zäh. Ich werde dein Messer brauchen.«

Ich zögerte einen Moment.

»Meinetwegen. Hier.«

»Und wenn das kochende Wasser über die Floßränder dringt?«

»Dann müssen wir es eben abkühlen.«

»Wie?«

»Es wird bald regnen.«

»Die Vulkane . . .«

»Ich sprach ja nicht von einer Sintflut.«

Er zuckte mit den Schultern, nickte und ging los, um Lianen zu suchen. Ich fällte ein paar gleichmäßig starke Stämme, schälte sie und schnitt sie auf eine Länge von drei Metern zurecht. Gleichzeitig versuchte ich Green Green ein wenig im Auge zu behalten.

Kurze Zeit später setzte ein dünner Nieselregen ein. Unzählige kleine Trichter zeigten sich auf der Wasseroberfläche. Das Naß schwemmte den Ruß von den Sträuchern und durchdrang meine Kleider. Green Green kam immer noch nicht zurück. Ich formte zwei breite Paddel und schnitt lange Stangen. Plötzlich erschütterte ein heftiger Stoß den Boden. Ein Riß durchzog die Flanke des Vulkankegels. Aus der Öffnung quoll ein Strom von der Farbe des Sonnenuntergangs. Noch Minuten nach der Detonation dröhnten mir die Ohren. Dann schob sich das Wasser des Acheron zu einer gewaltigen Druckwelle auf und raste zum Ufer. Ich ergriff die Flucht und kletterte auf einen Baum.

Die Flut erreichte die Wurzeln, aber sie stieg nicht sehr viel höher. In den nächsten zwanzig Minuten kamen noch drei dieser Miniaturspringfluten. Dann strömte das Wasser zurück und nahm meine Stämme und Paddel mit. Mir blieb knöcheltiefer Schlamm.

Ich verlor die Beherrschung. Die Vernunft sagte mir, daß mein Regen den verdammten Vulkan nicht auslöschen konnte, daß ich die Sache nur verschlimmerte . . .

Aber ich dachte nicht mehr klar, als ich meine Arbeit zerstört sah.

Ich sprach die Worte.

Von irgendwo hörte ich den Pei'an rufen. Ich achtete nicht darauf.

In dieser Sekunde war ich nicht mehr Frank Sandow.

Etwa hundert Meter zu meiner Linken spürte ich eine Energiequelle. Ich folgte der Ader, erklomm einen kleinen Hügel, um den exakten Knotenpunkt zu erreichen. Vom Kamm aus hatte ich eine klare Sicht zur Insel hinüber. Das Wasser schäumte immer noch. Menschliche Augen sind nicht so scharf wie die eines Pei'an. Dennoch hob sich das Chalet deutlich von der Felswand ab. Ich glaubte sogar eine Bewegung an der Aussichtsplattform zu erkennen.

Die Energie durchfloß mich, und ich schickte sie nach oben.

Der Nieselregen ging in einen kräftigen Guß über, und als ich die Hand hob und wieder senkte, zuckten Blitze und rollte der Donner. Wind kam auf, kalt wie ein Hauch der Arktis.

Green Green rief wieder nach mir.

Dann öffnete der Himmel seine Schleusen, und die Insel verschwand hinter einem grauen Vorhang. Der Vulkan war ein schwacher Funken über dem Wasser. Der Wind dröhnte vorbei wie ein Güterzug, und sein Fauchen vermischte sich mit dem Donnergrollen zu einem ohrenbetäubenden Kriegsruf. Er trieb die Wellen des Acheron gegen die Insel.

Das Wasser floß mir in Strömen durch das Haar, über das Gesicht, in den Nacken. Ich sah nichts, doch das war auch unwichtig. Die Macht umschloß mich. Es wurde eiskalt. Dunkelheit legte sich über Illyria. Ich begann zu lachen.

Hör auf, Frank! Du verrätst ihm, wo du bist! drangen Green Greens Gedanken auf mich ein.

Das weiß er bereits! Suche irgendwo Schutz, bis alles vorüber ist!

Und das Wasser ergoß sich vom Himmel, und der Sturm tobte über den Acheron, und der Boden unter meinen Füßen begann erneut zu schwanken. Der matte Funken glühte auf, verwandelte sich in eine rote Sonne. Dann glitten meine Blitze über die Insel und den Vulkan. Sie schrieben Namen in das Chaos, und meiner war dabei.

Der nächste Erdstoß zwang mich auf die Knie, aber ich stand wieder auf und hob beide Arme.

... Und dann war ich an einem Ort, wo weder Licht noch Dunkelheit herrschte, wo es weder warm noch kalt war. Vielleicht befand er sich in meinem Innern, vielleicht auch nicht.

Wir starrten einander an, und ich umklammerte den Donnerbolzen mit blaßgrünen Händen.

Er sah aus wie eine mächtige graue Säule und war mit Schuppen bedeckt. Er hatte eine Krokodilschnauze, und seine Augen glühten wie Feuer. Seine drei Armpaare bewegten sich, als er mit mir sprach. Sonst rührte er sich nicht vom Fleck.

Alter Feind, alter Kumpel, begrüßte er mich.

Ja, Belion, ich bin hier.

... Deine Zeit ist abgelaufen. Erspar dir die Schmach, von meiner Hand zu fallen. Gib nach, Shimbo, und rette die Welt, die du geschaffen hast.

Ich glaube nicht, daß meine Welt untergehen wird, Belion.

Stille.

Dann: *Also kämpfen wir die Sache aus.*

... Außer du ziehst dich zurück.

Nein.

Dann kämpfen wir die Sache aus.

Er seufzte eine Flamme.

Sei es.

Und er war verschwunden.

... Ich stand allein auf dem Kamm des kleinen Hügels und senkte langsam die Arme, denn die Macht hatte mich verlassen.

Es war ein seltsames Erlebnis. Ein Tagtraum vielleicht. Oder ein Trugbild, geboren aus dem Zorn und der Erregung.

Der Regen fiel immer noch, wenn auch nicht mit gleicher Gewalt wie zuvor. Der Wind hatte etwas von seiner Stärke verloren. Auch der Vulkan glimmte nur schwach.

Ich sah mich um, spürte den Boden unter den Füßen, fühlte die Kälte und Nässe. Unser Kampf war abgebrochen, die Kräfte hatten sich aufgehoben. Aber das Wasser wirkte kühler und die graue Insel weniger schroff. Ich kehrte zu meiner Arbeit zurück.

7

Noch während ich darüber nachsann, was aus meiner gesunden Feigheit geworden war – sie hatte mir mehr als einmal das Leben gerettet –, kehrte sie mit wehenden Fahnen zurück. Mir zitterten die Knie.

Wenn Green Green meinen Zustand bemerkte, so verlor er kein Wort darüber. Ich hatte mir meine Gedanken über ihn gemacht. Genaugenommen war er jederzeit in der Lage, mich umzubringen. Er wußte es. Und er wußte, daß ich es wußte . . .

Was ihn davon abhielt, war die Tatsache, daß er ohne meine Hilfe Illyria nicht verlassen konnte – woraus ich schloß, daß sich sein Schiff auf der Insel befand. Das aber hieß, daß Shandon die Möglichkeit hatte, uns von der Luft aus zu überwachen. Ich hielt es für ratsam, unsere Arbeit vom Strand in den Schutz des Waldes zu verlegen und das Floß erst nachts startklar zu machen. Green Green pflichtete mir bei.

Am Nachmittag, als wir das Floß zusammenfügten, riß die Wolkendecke kurz auf, aber die Sonne setzte sich nicht durch. Nach einiger Zeit begann es wieder leicht zu regnen.

Später stieg von der Insel ein silbernes Insekt auf, ein plumpes, häßliches Ding, und zog weite Kreise über dem See. Wir waren durch dichtes Laub geschützt. Dennoch wagten wir uns erst wieder zu rühren, als die Maschine zur Insel zurückkehrte. Während des Manövers umklammerte ich krampfhaft mein altes Amulett. Die Hasenpfote ließ mich nicht im Stich.

Wir hatten das Floß zwei Stunden vor Sonnenuntergang fertig und lagerten unter den Bäumen.

»Ich gäbe einen Penny für deine Gedanken«, sagte ich.

»Was ist ein Penny?«

»Eine alte Geldmünze, die man auf meiner Heimatwelt benutzte. Allerdings hoffe ich, daß du mich nicht beim Wort nimmst, denn die Dinger sind inzwischen ziemlich im Wert gestiegen.«

»Gedanken bezahlen – das finde ich merkwürdig. War das bei euch so üblich?«

»Es hing mit der Blüte des Merkantilismus zusammen. Alles hatte seinen Preis.«

»Faszinierend. Würdest du eine *Pai'badra* kaufen?«

»Eine *Pai'badra* ist ein Motiv, das jemanden zum Handeln zwingt. Sie hätte keinen Wert für mich.«

»Aber würdest du einem Feind Geld dafür geben, daß er seine Rachepläne fallenläßt?«

»Nein.«

»Warum nicht?«

»Du würdest das Geld nehmen und dennoch Rache suchen – in der Hoffnung, meine Wachsamkeit durch den Handel einzuschläfern.«

»Ich sprach nicht von mir. Du weißt, daß ich reich bin und daß ein Pei'an seine Rache niemals aufgibt. Nein, ich dachte an Mike Shandon. Er ist vielleicht auch der Meinung, daß alles seinen Preis hat. Wenn ich mich recht erinnere, entstand eure Feindschaft, weil er Geld brauchte und deshalb verbotene Dinge tat. Du hast ihn ins Gefängnis gebracht und getötet, und nun haßt er dich. Aber da er ein Mensch ist und Geld über alles schätzt, könntest du ihm eine gewisse Summe für seine *Pai'badra* bieten. Vielleicht gibt er sich damit zufrieden und verläßt Illyria.«

Den Sieg erkaufen? Der Gedanke war mir noch nicht gekommen. Es bestand durchaus die Möglichkeit, daß Green Green die Lage richtig einschätzte. Wir Menschen sind im allgemeinen käuflich.

Andererseits war ich skeptisch, wenn ich Shandons Verschwendungssucht in Betracht zog. Angenommen, ich fand ihn mit einer halben Million Universal-Credits ab. Jeder normale Mensch hätte die Summe angelegt und von den Dividenden gelebt. Shandon dagegen würde das Geld in zwei Jahren durchbringen und dann erneut an mich herantreten. Möglich, daß er die goldene Gans nur rupfte und ihr nicht den Kragen umdrehte, aber sicher wußte ich es nicht. Und wer lebt schon gern in einem Gefühl der ständigen Angst?

Immerhin, wenn er mitmachte, konnte ich mich erst einmal loskaufen und ihm dann ein paar Killer auf die Fersen hetzen, damit er so rasch wie möglich aus dem Spiel ausschied.

Aber falls die Leute versagten ...

Dann hieß es wieder – er oder ich.

Ich betrachtete das Problem von allen Seiten. Letzten Endes lief es auf eines hinaus: Er hatte eine Pistole bei sich getragen und doch versucht, mich mit bloßen Händen zu töten.

»Bei Shandon geht es nicht«, sagte ich. »Er ist kein Kaufmannstyp.«

»Es war nur ein Vorschlag. Ich kenne euch Terraner in dieser Hinsicht zu schlecht.«

»Da bist du nicht der einzige.«

Die Abenddämmerung brach herein. Sobald es dunkel war, konnten wir das Floß zum See tragen. Der Regen hatte das Wasser sicher abgekühlt.

»Green Green, ich bin in meinem Wesen vielleicht mehr Pei'an als Mensch. Deshalb begreife ich dich so gut. Auch ich muß an meiner *Pai'badra* festhalten, was immer geschieht.«

»Ich weiß das«, sagte er, »und darum schätze ich dich.«

»Was ich damit ausdrücken wollte, ist folgendes: Wenn wir beide diesen Kampf heil überstehen, könnten wir Freunde werden. Ich spreche mit den anderen Namensträgern. Vielleicht geben sie dir noch eine Chance. Kirwar von den Vier Gesichtern als Hoherpriester der Strantri-Religion – das wäre schön . . .«

»Du versuchst, meinen Preis herauszufinden, Terraner!«

»Nein, ich meine es ernst. Bis jetzt hast du mir keinen Grund zur *Pai'badra* gegeben.«

»Aber ich wollte dich umbringen!«

»Unter einer falschen Voraussetzung.«

»Du weißt, daß ich dich jederzeit töten kann.«

»Ich weiß, daß du das glaubst.«

»Wirklich? Ich habe meine Gedanken abgeschirmt.«

»Es ist eine Sache der Logik, nicht der Telepathie.«

»Du hast wirklich viel mit einem Pei'an gemeinsam«, sagte er nach einer kleinen Pause. »Ich verspreche dir, daß ich meine Rache aufschiebe, bis die Angelegenheit mit Shandon in Ordnung gebracht ist.«

Wir saßen noch eine Weile da und warteten, bis es dunkel wurde. Dann erhob ich mich.

»Jetzt?«

Er nickte und stand ebenfalls auf.

Wir schleppten das Floß zum Wasser, wateten ein Stück in den See hinaus und schoben es kräftig an.

»Hast du die Paddel?«

»Ja.«

»Dann los!«

Wir zogen uns auf die Stämme, stabilisierten das Ding und setzten erst einmal die langen Staken ein.

»Weshalb hat er deine Geheimnisse verkauft, wenn er über Bestechung erhaben war?« wollte Green Green wissen.

»Er hätte mir die Geheimnisse der anderen verkauft, wenn ich mehr geboten hätte.«

»Und warum glaubst du, daß er sich diesmal nicht bestechen läßt?«

»Weil er mich haßt. Mit Geld ist da nichts zu machen.«

In diesem Augenblick glaubte ich noch fest, daß das stimmte.

»Es gibt so viele dunkle Gebiete im Innern der Menschen«, stellte er fest. »Eines Tages würde ich sie gern erforschen.«

»Ich auch.«

Ein Mond war aufgegangen. Er zeigte sich als verschwommener Fleck hinter den Wolken. Das Wasser klatschte über die Floßränder, schlug gegen unsere Stiefel. Eine kühle Brise folgte uns vom Ufer.

»Der Vulkan schläft«, sagte er. »Was hast du mit Belion vereinbart?«

»Dir entgeht wohl gar nichts?«

»Ich versuchte mehrmals, Kontakt mit dir aufzunehmen, und ich weiß, was ich vorfand.«

»Belion und Shimbo lauern«, erklärte ich. »Dann ein rascher Vorstoß, und einer der beiden wird befriedigt sein.«

Das Wasser war schwarz wie Tinte und warm wie Blut. Die Insel hob sich dunkel gegen den Perlmuttschimmer des Nachthimmels ab. Wir schoben das Floß mit den Stangen, bis wir keinen Grund mehr spürten. Dann ergriffen wir die Paddel und tauchten sie leise ein. Green Green besaß die Liebe seines Volkes zum Wasser. Ich spürte das in jeder seiner Bewegungen.

Für mich war es ein unheimliches Gefühl, diesen düsteren See zu überqueren, den ich selbst geschaffen hatte, mit einem ganz bestimmten Bild vor Augen. Hier erinnerte nichts an den stillen Frieden, der im Tal der Schatten herrschte. Ich haßte und fürchtete den See. Er gehörte zu den wenigen Schöpfungen, die ich bereute, und ich wußte, daß ich nicht die Kraft finden würde, ihn noch einmal zu schaffen. Das dunkle Wasser zerrte etwas aus meinem Innern, das ich weder verstand noch sehen wollte. Aber ich schaute doch hin, und plötzlich befand ich mich in der Tokio-Bucht, und um mich waren all die Dinge, die sich am Grund gesammelt hatten – der riesige Kehrichthaufen des Lebens, auf dem alle Absichten und Ideale liegen, seien sie gut oder böse; der Ort, an dem die letzten Werte zerschmettert werden. Das warme Wasser umspielte mich, aber ein Schüttelfrost hatte mich erfaßt, und ich ließ das Paddel sinken. Green Green tippte mir leicht auf die Schulter, und wir ruderten weiter. »Warum hast du ihn geschaffen, wenn du ihn so sehr haßt?« fragte er mich.

»Weil die Bezahlung gut war.« Ich machte eine Pause und fuhr dann fort: »Steuern wir mehr nach links! Ich möchte auf der Rückseite der Insel landen.« Wir änderten den Kurs.

»Auf der Rückseite?« wiederholte er.

»Ja«, sagte ich knapp.

Als wir uns der Insel näherten, unterdrückte ich meine Gedanken und handelte rein mechanisch, wie immer, wenn zuviel auf mich einströmt. Ich ruderte, und wir glitten durch die Nacht. Bald lag die Insel neben uns. Der schwachrote Glanz des Vulkankegels lag auf den Klippen.

Wir ruderten an der Insel vorbei und zogen eine Schleife, so daß wir von Norden kamen. Die Klippen hier waren dunkel, aber ich kannte jeden Vorsprung und jeden Riß in den Felsen.

Ich warf einen Blick nach oben. »Mehr östlich«, sagte ich.

Ein paar hundert Meter weiter erreichten wir die Stelle, wo der ›Pfad‹ verborgen lag. Ein enger Kamin führte schräg ins Innere des Felsens. Man mußte sich, den Rücken und die Füße gegen die Steinwände gepreßt, etwa zehn Meter hocharbeiten, dann kam man zu einem schmalen Sims. Hatte man auch ihn überwunden, gelangte man zu einer Reihe von Stufen, die in den Stein gehauen waren.

Ich erklärte Green Green den Weg, und er stabilisierte das Floß, während ich vorauskletterte. Dann folgte er mir. Ich wußte, daß ihm die Schulter große Schmerzen bereitete, aber er sagte kein Wort.

Als ich das Ende des Kamins erreicht hatte, schaute ich in die Tiefe. Ich konnte das Floß nicht mehr erkennen. Als ich das Green Green berichtete, stöhnte er nur leise. Ich half ihm auf den Felsensims. Schritt für Schritt tasteten wir uns voran.

Es dauerte eine Viertelstunde, bis wir bei den Stufen angelangt waren. Wieder ging ich voraus. Der Weg war gut hundertfünfzig Meter lang und endete erneut auf einem Sims. Der Pei'an folgte mir mühsam.

Bald waren meine Hände wund. Als wir das Plateau erreichten, setzte ich mich und zündete eine Zigarette an. Nach zehn Minuten gingen wir weiter. Gegen Mitternacht hatten wir den Gipfel ohne Zwischenfall erreicht.

Kurze Zeit später sahen wir ihn.

Er schien unter Drogeneinfluß zu stehen und umherzuirren, aber genau kann man so etwas nie sagen.

So trat ich neben ihm, legte ihm die Hand auf die Schulter und sagte: »Hallo, Courtcour.«

Seine Lider waren verquollen. Sein aufgedunsener Leib steckte in einem weißen Hemd. Er hatte einen bleichen Teint und hellblaue Augen. Er lispelte ein wenig, als er antwortete.

»Ich glaube, ich besitze alle Daten.«

»Gut«, erwiderte ich. »Du weißt, daß ich ursprünglich herkam, um diesen Mann — Green Green — zu bekämpfen. Aber nun haben wir uns gegen Mike Shandon verbündet . . .«

»Einen Augenblick«, bat er.

Dann fuhr er fort: »Ja — ihr werdet unterliegen.«

»Wie meinst du das?«

»Shandon tötet dich in drei Stunden zehn Minuten.«

»Nein« widersprach ich, »das kann er nicht.«

»Wenn er es nicht tut, dann nur, weil du ihn getötet hast. Aber das nützt dir nicht viel, denn in diesem Fall fällst du Mister Green zum Opfer — in genau fünf Stunden zwanzig Minuten von jetzt an.«

»Weshalb bist du so sicher?«

»Green ist der Weltenformer, der Korrlyn errichtet hat.«

»Stimmt das?« fragte ich den Pei'an.

»Ja.«

»Dann wird er dich töten.«

»Wie?«

»Vermutlich mit einem stumpfen Gegenstand«, erklärte er. »Wenn du ihm ausweichen kannst, gelingt es dir vielleicht, ihn mit bloßen Händen zu erledigen. Du warst schon immer kräftiger, als du aussiehst, und das täuscht deine Gegner. Ich glaube jedoch nicht, daß es dir diesmal helfen wird.«

»Danke«, sagte ich. »Und nun geh wieder schlafen.«

». . . außer ihr führt beide Geheimwaffen mit«, fügte er hinzu. »Ich traue es euch zu.«

»Wo ist Shandon?«

»Im Chalet.«

»Ich will seinen Kopf. Wie bekomme ich ihn?«

»Du besitzt eine Kraft, die sich meiner Auswertung entzieht.«
»Ja, ich weiß.«
»Setze sie nicht ein!«
»Warum nicht?«
»Weil er über eine ähnliche Kraft verfügt.«
»Auch das ist mir bekannt.«
»Wenn du ihn töten solltest, dann tue es ohne deine Dämonenmacht.«
»In Ordnung.«
»Du traust mir nicht.«
»Ich traue keinem.«
»Erinnerst du dich an die Nacht, in der wir beide den Kontrakt abschlossen?«
»Schwach.«
»Es gab Schweineschnitzel – soviel ich wollte. Es war die beste Mahlzeit in meinem ganzen Leben.«
»Jetzt erinnere ich mich.«
»Damals hast du mir von Shimbo erzählt. Wenn du ihn herbeirufst, holt Shandon seinen Gegenspieler. Zu viele Variable. Es könnte tödlich ausgehen.«
»Vielleicht hat Shandon dich in seiner Gewalt.«
»Nein, bestimmt nicht. Ich stelle lediglich eine Wahrscheinlichkeitsrechnung auf.«
»Könnte Yarl, der Allmächtige, einen Stein schaffen, den er nicht hochzuheben vermag?« mischte sich Green Green ein.
»Nein«, sagte Courtcour.
»Warum nicht?«
»Er würde es nicht tun.«
»Das ist keine Antwort.«
»O doch. Denk darüber nach. Würdest *du* es tun?«
»Ich traue ihm nicht«, sagte Green Green. »Er war normal, als ich ihn zurückrief, doch nun sieht es so aus, als hätte ihn Shandon für sich gewonnen.«
»Nein«, erklärte Courtcour. »Ich versuche euch zu helfen.«
»Indem du Sandow sagst, daß er sterben wird?«
»Nun, das stimmt.«
Green hob die Hand, und plötzlich hielt er meine Pistole hoch. Teleportation – ich hatte es befürchtet. Er drückte zweimal ab und gab sie mir zurück.
»Warum hast du das getan?«

»Er log dich an, versuchte dich zu verwirren. Er wollte dein Selbstvertrauen zerstören.«

»Er war früher ein enger Freund von mir. Er hatte sich beigebracht, wie ein Computer zu denken. Ich glaube, er wollte wirklich objektiv sein.«

»Hol das Band und erwecke ihn wieder zum Leben.«

»Komm! Ich habe noch genau zwei Stunden und achtundfünfzig Minuten.«

Wir gingen weiter.

»Hätte ich es nicht tun sollen?« fragte er nach einer Weile.

»Nein.«

»Es tut mir leid.«

»Großartig. Bring niemanden mehr um, außer ich verlange es ausdrücklich, ja?«

»In Ordnung. Du hast viele Menschen getötet, nicht wahr, Frank?«

»Ja.«

»Warum?«

»Sie oder ich — und du kannst dir denken, zu welcher Entscheidung ich kam.«

»Weshalb dann dein Ärger?«

»Es war nicht nötig, Bodgis zu töten.«

»Ich dachte . . .«

»Halt den Mund! Bitte, halt den Mund!«

Wir zwängten uns durch eine Felsspalte. Nebelfinger tasteten nach uns. Als wir den Weg erreichten, der zum Chalet hinunterführte, sahen wir die zweite schemenhafte Gestalt.

». . . du gehst dem Tod entgegen?« fragte sie, und ich blieb stehen und starrte sie an.

»Lady Karle!«

»Beeil dich, beeil dich!« forderte sie mich auf. »Du weißt nicht, was es für mich bedeutet, dich sterben zu sehen.«

»Ich habe dich einmal geliebt«, erwiderte ich. Es war eine unpassende Antwort.

Sie schüttelte den Kopf.

»Du hast nur dich und dein Geld geliebt. Du hast viele Menschen umgebracht, um dein Imperium aufzubauen, Frank. Jetzt ist endlich ein Mann da, der es mit dir aufnimmt. Ich bin stolz, daß ich deinen Untergang miterleben darf.«

Ich richtete den Strahl meiner Taschenlampe auf sie. Ihr Haar war rot und ihr Teint weiß. Sie hatte ein herzförmiges Gesicht und grüne Augen – ganz wie damals.

»Und wenn ich ihn besiege?«

»Dann gehöre ich vielleicht eine Zeitlang wieder dir. Aber ich hoffe, daß es nicht so ist. Du bist schlecht, und ich wünsche dir den Tod. Ich würde dich selbst umbringen, wenn ich eine Möglichkeit dazu fände.«

»Halt«, warf Green Green ein. »Ich habe dich ins Leben zurückgeholt. Und ich lockte Frank Sandow hierher, um ihn zu töten. Ich wurde von einem Menschen überlistet, der leider – oder zum Glück – ähnliches mit ihm vorhat. Aber Frank und ich sind jetzt Verbündete. Hör mir zu! Hilf uns, an den Feind heranzukommen, und ich belohne dich!«

Sie verließ den Lichtkreis, und ihr Gelächter erreichte uns.

»Nein«, rief sie. »Nein, vielen Dank.«

»Ich habe dich einmal geliebt«, wiederholte ich.

Schweigen. Dann: »Könntest du es jetzt auch noch?«

»Ich weiß es nicht, aber du bedeutest mir etwas – ich habe dich gern.«

»Geh!« sagte sie. »Alle Schulden müssen beglichen werden. Geh zu Shandon und stirb!«

»Bitte«, sagte ich. »Denk an die Zeit, als ich dich in den Armen hielt! Ich habe nie aufgehört, dich gern zu haben, auch nicht, nachdem du fortgegangen warst. Und es stimmt nicht, daß ich das Syndikat der Zehn von Algol zerbrochen habe, auch wenn es oft behauptet wird.«

»Du hast es getan!«

»Ich glaube, ich könnte dich vom Gegenteil überzeugen.«

»Bemüh dich nicht! Geh!«

»Also gut«, entgegnete ich. »Aber ich werde nicht aufhören, dich gern zu haben.«

»Geh! Bitte, geh!«

Wir setzten unseren Weg fort. Die ganze Zeit über hatten wir Dralmin, ihre Muttersprache, benutzt. Es kam mir erst jetzt zu Bewußtsein. Merkwürdig.

»Du hast viele Frauen geliebt, nicht wahr, Frank?«

»Ja.«

»Hast du Lady Karle belogen – ich meine, als du sagtest, daß du sie gern hast?«

»Nein.«

Wir folgten dem Pfad, bis wir die Lichter des Chalets unter uns erkennen konnten. Nach einiger Zeit tauchte eine verkrümmte Gestalt auf, kam näher.

»Nick!«

»Ganz recht, Mister.«

»Ich bin es – Frank.«

»Das darf nicht wahr sein!«

Ich schaltete die Taschenlampe ein, und er musterte mich gründlich.

»Ich kann es einfach nicht fassen! Weißt du auch, daß der Kerl dort unten verrückt spielt und dich auspusten will?«

»Ja, das weiß ich.«

»Er versuchte mich zum Mitmachen zu überreden, und da warf ich ihm ein paar unfeine Ausdrücke an den Kopf. Das brachte ihn in Wut. Er griff mich an, und ich schlug ihm die Nase ein. Wundert mich, daß er mir nicht nach draußen gefolgt ist. Er hat nämlich ein zähes Leder.«

»Ich weiß.«

»Wenn du willst, helfe ich dir.«

»Das wäre großartig, Nick.«

»Aber der Bursche hier paßt mir nicht . . .«

Nick hatte sich um keine Spur verändert.

»Wie meinst du das?«

»Er trägt doch die Schuld an allem. Er hat mich und die anderen zurückgeholt. Er ist ein Schweinehund. An deiner Stelle würde ich mich schnell von ihm trennen.«

»Wir sind jetzt Verbündete, er und ich.«

Nick spuckte aus.

»Wir beide unterhalten uns noch ein paar Takte, Mister«, sagte er zu Green Green. »Wenn alles vorbei ist, gehören Sie mir. Erinnern Sie sich noch daran, wie Sie mich ausquetschten? Das war alles andere als angenehm. Jetzt komme ich an die Reihe.«

»In Ordnung.«

»Eben nicht. Gar nichts ist in Ordnung. Shorty hat mich dieser Grünkohl genannt. Ich röste ihn über einem offenen Feuer. Er wird es noch bereuen, daß er mich ins Leben zurückgeholt hat. Ich vernichte ihn!«

»Das bezweifle ich, kleiner Mann«, sagte Green Green.

»Wartet doch ab!« versuchte ich zu vermitteln.

So kam Nick mit uns, aber er hielt betont Abstand zu Green Green.

»Ist er im Chalet?« fragte ich.

»Ja. Hast du eine Bombe?«

»Klar.«

»Das wäre vielleicht die einfachste Lösung. Du siehst nach, ob er sich drinnen aufhält, und wirfst sie durchs Fenster.«

»Ist er allein?«

»Nein, das nicht. Aber so etwas ist kein Mord. Sobald du die Bänder besitzt, kannst du das Mädchen neu schaffen.«

»Welches Mädchen?«

»Kathy heißt sie. Ich kenne sie nicht.«

»Sie war meine Frau.«

»Hm, das ändert die Sache natürlich. Wir werden uns einen neuen Plan zurechtlegen.«

»Vielleicht kannst du Kathy wegbringen, während ich mich um Shandon kümmere«, schlug ich vor.

»Oh, ich glaube nicht, daß sie gehen wird.«

»Warum nicht?«

»Es ist ein paar Monate her, Frank, seit wir aufwachten. Wir hatten keine Ahnung, wo wir uns befanden und was eigentlich los war. Und dieser grüne Frosch erklärte, er wüßte nicht mehr als wir. Daß du mit im Spiel warst, erfuhren wir erst, als er mit Mike in Streit geriet. Eines Tages paßte er nämlich nicht auf, und Mike drang in seine Gedanken ein. Jedenfalls sind Mike und das Mädchen – also, die beiden verstehen sich gut.«

»Green, warum hast du mir das nicht gesagt?«

»Ich dachte, es sei nicht wichtig. Habe ich mich darin getäuscht?«

Ich gab keine Antwort, weil ich es nicht wußte. Ich überlegte rasch. Ursprünglich hatte ich mich auf den Weg gemacht, um einen Feind zu besiegen. Dieser Feind war nun mein Verbündeter, und ein anderer hatte seine Stelle eingenommen. Dazu kam, daß der neue Feind, mit der Frau zusammenlebte, die ich hatte retten wollen ... Eine verworrene Geschichte. Wenn Kathy ihn liebte, konnte ich ihn nicht vor ihren Augen töten. Selbst wenn er sie nur ausnützte, wenn sie ihm egal war, konnte ich es nicht tun – nicht, wenn er ihr etwas bedeutete. Es sah so aus, als sei Green Greens Vorschlag gar nicht mehr so abwegig: Ich mußte versuchen, mich loszukaufen. Mike Shandon besaß eine neue Macht und ein hübsches Mädchen. Wenn man dazu noch ein Bündel Geldscheine legte, ließ er sich vielleicht umstimmen. Dennoch, ich kam von dem Gedanken nicht los, daß er versucht hatte, mich mit bloßen Händen umzubringen.

Ich konnte einfach umkehren, an Bord der *T* gehen und nach Freiland zurückfliegen. Wenn sie Shandon liebte, sollte sie ihn haben. Ich konnte meine Differenzen mit Green Green begleichen und einer ruhigen Zukunft entgegensehen.

»Doch, es ist wichtig«, sagte ich.

»So wichtig, daß du deine Pläne änderst?« wollte Green Green wissen.

»Ja.«

»Nur wegen des Mädchens?«

»Nur wegen des Mädchens«, bestätigte ich.

»Du bist ein seltsamer Mensch, Frank. Da nimmst du ungeheure Strapazen auf dich, und kurz vor dem Ziel besinnst du dich eines Besseren — wegen eines Mädchens, das nur noch eine Erinnerung ist.«

»Ich habe ein gutes Gedächtnis.«

Es behagte mir nicht, daß Shimbos Erzfeind einen Namensträger gefunden hatte, der stark und intelligent war und dem es obendrein nichts ausmachte, wenn ich vor die Hunde ging. Es war eine Kombination, die mir schlaflose Nächte bereiten würde, selbst auf Freiland. Andererseits — lebend nützte ich ihm vielleicht mehr.

»Was machst du jetzt?« fragte Nick.

»Ich gehe zu ihm. Vielleicht läßt er mit sich handeln.«

»Du hast gesagt, er würde seine *Pai'badra* nie verkaufen«, warf Green Green ein.

»Das dachte ich auch. Aber ich bin Kathy zumindest den Versuch schuldig.«

»Das verstehe ich nicht.«

»Gib dir keine Mühe. Vielleicht wartet ihr beiden besser hier. Es ist möglich, daß er schießt.«

»Und was sollen wir tun, wenn er dich tötet?« fragte Green Green.

»Das ist euer Problem. Bis bald, Nick.«

»Alles Gute.«

Ich machte mich auf den Weg und errichtete einen dichten Schutzschild um meine Gedanken. Die Felsblöcke dienten mir als Dekkung. Langsam robbte ich mich vorwärts, bis ich etwa fünfzig Meter vom Haus entfernt war. Ich lag im Schatten, flach gegen den

Stein gepreßt. Der Lauf meines Strahlers war auf die Tür gerichtet.

»Mike!« rief ich. »Ich bin es – Frank Sandow!« Ich wartete.

Etwa eine halbe Minute verging, dann kam die Antwort.

»Ja?«

»Ich muß mit dir reden.«

»Fang an!«

Plötzlich gingen die Lichter aus.

»Stimmt es, was ich über dich und Kathy gehört habe?«

Er zögerte. »So ungefähr.«

»Ist sie jetzt bei dir?«

»Vielleicht. Warum?«

»Ich möchte es von ihr selbst hören.«

Dann, nach all der Zeit, ihre Stimme:

»Es ist wahr, Frank. Wir hatten keine Ahnung, wo wir uns befanden und was eigentlich los war – ich erinnerte mich an diesen Brand ... ich weiß nicht, wie ...«

Ich biß mir auf die Lippen.

»Ich verlange keine Entschuldigung von dir«, sagte ich. »Das ist alles so lange her. Ich werde es überleben.«

Mike lachte.

»Du scheinst sehr selbstsicher.«

»Ja. Ich habe beschlossen, den einfachen Weg zu wählen.«

»Wie meinst du das?«

»Wieviel verlangst du?«

»Geld? Hast du etwa Angst vor mir, Frank?«

»Als ich herkam, hatte ich den festen Vorsatz, dich umzubringen. Aber wenn Kathy dich liebt, sieht die Sache anders aus. Also – wieviel verlangst du?«

»Darüber habe ich noch nie nachgedacht. Eine ganze Menge, das steht fest. Erst einmal ein gesichertes Einkommen auf Lebenszeit, nicht zu knapp bemessen. Und Wertobjekte. Ich müßte eine Liste aufstellen. – Meinst du es wirklich ernst? Oder versuchst du mich hereinzulegen?«

»Wir sind beide Telepathen. Ich schlage vor, daß wir unsere Sperren aufheben. Nicht nur das – ich bestehe sogar darauf.«

»Kathy hat mich gebeten, dich nicht zu töten«, sagte er. »Sie wäre gekränkt, wenn ich es doch täte. In Ordnung. Sie bedeutet mir viel. Ich nehme dein Geld und deine Frau und verschwinde.«

»Vielen Dank.«

Er lachte.

»Glück muß der Mensch haben. Wie soll der Handel vor sich gehen?«

»Wenn du einverstanden bist, gebe ich dir erst einmal eine größere Summe. Alles andere arbeiten meine Anwälte aus.«

»Und ob ich einverstanden bin. Ich denke an eine Million plus hunderttausend pro Jahr.«

»Das ist sehr viel.«

»Nicht für dich.«

»Es war nur eine Feststellung.« Ich machte mir Gedanken darüber, wie Kathy das alles aufnahm. Sie konnte sich in ein paar Monaten nicht so verändert haben, daß sie diesen Handel billigte.

»Noch zwei Punkte«, fügte ich hinzu. »Der Pei'an Gringrin-tharl gehört jetzt mir. Wir haben noch eine kleine Abrechnung.«

»Bitte, nimm ihn dir! Wer braucht ihn schon? Noch etwas?«

»Nick, der Zwerg, begleitet mich — unversehrt!«

»Die kleine Ratte!« Er lachte. »Geht in Ordnung. Offen gestanden, ich mag ihn. Das ist alles?«

»Ja.«

Die Sonne ging auf, und ihre Strahlen ließen die Vulkane im See wie Titanenfackeln leuchten.

»Was nun?« fragte Mike.

»Warte, ich gebe den anderen Bescheid.«

Green Green, er geht auf den Handel ein. Ich habe seine Pai' badra. *Sag Nick, was los ist. In ein paar Stunden, sobald mein Schiff gelandet ist, verlassen wir Illyria.*

Verstanden, Frank. Wir kommen zu dir.

Nun blieb nur noch der Pei'an. Es war fast zu einfach. Ich überlegte hin und her, ob die Sache einen Haken hatte, aber ich fand keinen. Daß Mike und Green Green unter einer Decke steckten, konnte ich mir nicht vorstellen. Außerdem würde ich es in wenigen Sekunden erfahren, wenn wir unsere Schutzschirme auflösten.

Aber daß wir den Fall nach all den Vorbereitungen wie zwei Geschäftsleute regelten . . .

Ich wußte nicht, ob ich lachen oder den Kopf schütteln sollte.

Dann spürte ich, daß etwas nicht stimmte. Etwas? Ich wußte nicht, was es war. Der Wind hatte nachgelassen, und eine bleierne Ruhe lag über der Insel. Die Urfurcht packte mich wieder, und ich kämpfte dagegen an. Eine große Hand schien aus dem Himmel zu kommen und mich zu erdrücken, aber ich lag ganz still da. Ich hatte die Toteninsel erobert, und rings um mich brannte die Tokio-

Bucht. Mühsam unterdrückte ich mein Zittern. Shandon sollte keine Furcht in meinem Innern finden.

Schließlich konnte ich nicht länger warten. »Shandon«, rief ich, »ich hebe jetzt die Sperre auf!«

»In Ordnung, ich tue das gleiche.«

. . . Und unsere Gedanken kreuzten sich.

Du meinst es wirklich ernst . . .

— Du auch . . .

— Dann gilt der Handel.

— Ja.

Und das »Nein!«, das aus dem Schoß der Erde kam und von den Himmelsgewölben widerhallte, dröhnte wie tausend Gongs durch uns. Eine Flamme brannte in meinem Innern. Langsam, starr, richtete ich mich auf. Ich sah, wie Mike Shandon das Chalet verließ. Er hob den Kopf, und unsere Blicke trafen sich. Belions Worte kamen mir in den Sinn: *Dann kämpfen wir die Sache aus. — Sei es.* Der Lauf der Ereignisse war also vorgezeichnet gewesen bis zu diesem Moment. Die Götter setzten sich über die Beschlüsse ihrer Marionetten hinweg. Unsere Konflikte waren Nebensache.

Ich hatte Shimbo bisher nicht ernst genug genommen. Ich dachte sogar an einen psychologischen Trick der Pei'an. Es war nie zu einem Willenskampf zwischen uns gekommen. Er zeigte sich, wenn ich ihn rief, und verließ mich wieder, wenn ich seine Dienste nicht mehr benötigte. Er hatte nie spontan die Herrschaft übernommen, mich nie zum Handeln gezwungen. Doch nun . . .

Wir standen da und starrten einander an, zwei Feinde, die von zwei älteren Feinden gelenkt wurden. Ich konnte mir Mikes Staunen über diese Wende vorstellen. Aber als ich Kontakt zu ihm aufnehmen wollte, fand ich meine Psi-Kräfte blockiert.

Wolken brauten sich über uns zusammen. Ich wußte, was das bedeutete. Der Boden schwankte leicht. Ich wußte auch, was das bedeutete.

Wir wollten den Kampf nicht, und doch mußte einer von uns sterben.

Shimbo, Shimbo, flehte ich, *Herr der Dunklen Himmelsfeste, zeig Mitleid!*

Noch während ich das sagte, wußte ich, daß ich keine Antwort erhalten würde.

Weit weg klang der erste Donner auf.

Der Vulkan über dem Wasser brannte heller.

Ich spürte, wie sich die Kräfte sammelten, wie sie auf mich einströmten und sich in großen Wellen ausbreiteten. Reglos stand ich da. Ich konnte den Blick nicht von Shandon abwenden. Hin und wieder schienen seine Umrisse zu schwanken, und ich glaubte, hinter ihm den Schatten Belions zu erkennen.«

Ich schrumpfte und wuchs zugleich ins Riesenhafte. Es dauerte lange, bis ich erkannte, daß Francis Sandow immer starrer, passiver, kleiner wurde, während Shimbo, der Donnerwerfer der Dunklen Himmelsfest, die Blitze in seinen Fingerspitzen spürte.

Der graue Kegel zu meiner Linken war geborsten, und sein gelbrotes Blut quoll in den Acheron. Das Wasser dampfte. Dann zerfurchten die hellen Linien der Vernichtung den Himmel. Böller klangen auf, der Wind orgelte, der erste Regen fiel.

Das Chalet brannte, und etwas schrie: »Kathy!«

»Frank! Fort von hier!« rief der Pei'an, und der Zwerg zerrte an meinem Arm, aber ich schüttelte beide ab und trat den ersten Schritt auf meinen Feind zu.

Fremde Gedanken berührten mich, wanderten zu Shandon weiter. Dann schrie Green Green auf und zerrte den Zwerg mit sich.

Auch mein Feind tat den ersten Schritt. Der Boden erzitterte, Gesteinsbrocken rollten den Hang hinab.

Wind jagte ihm entgegen. Erdspalten taten sich auf. Der nächste Schritt. Regen setzte ein, und die Felsschulter zerbarst. Die Vulkane färbten den See rot, meine Blitze zogen gleißend über den Himmel. Noch ein Schritt. Der Wind peitschte das Wasser auf. Mit jedem neuen Erdstoß sank die Insel ein Stück tiefer. Das Chalet brannte immer noch. Ich entfesselte meine Wirbelstürme, und aus den Felsspalten drangen giftige Dämpfe.

Dann spürte ich eine schwache Bewegung. Ich drehte mich um.

Der Pei'an stand auf einem Felsvorsprung, in der Hand meinen Strahler. Ich hatte bisher nicht daran gedacht, die winzige Waffe in diesem Titanenkampf einzusetzen.

Green Green zielte auf mich. Doch noch bevor ich meinen Blitz nach ihm schleuderte, änderte er seine Absicht.

Ein Lichtbündel durchschnitt die Luft, und mein Feind fiel.

Aber die Bewegung der Insel rettete ihn. Denn der Pei'an stürzte, als ein neuer Erdstoß kam. Auch Mike Shandon kam zu Fall. Als er sich aufrichtete, war sein rechter Arm nur noch ein blutender Stumpf.

Abgründe taten sich zwischen uns auf. In diesem Moment sah ich das Mädchen.

Sie war aus dem brennenden Chalet aufgetaucht und rannte auf den längst verschütteten Pfad zu. Dann sah sie uns und blieb wie erstarrt stehen. Ein Riß klaffte zu ihren Füßen, und etwas in mir schrie auf, denn ich wußte, daß ich sie nicht mehr erreichen konnte.

. . . Dann war der Bann gebrochen. Shimbo hatte mich verlassen. Ich rannte ihr entgegen.

»Kathy!« schrie ich, als sie schwankte und nach vorn fiel.

Von irgendwoher kam Nick. Er packte ihr Handgelenk. Einen Moment lang glaubte ich, er könnte sie festhalten.

Einen Moment lang . . .

Kraft hatte er genug. Daran lag es nicht. Aber der Schwung seines Laufes trieb ihn noch ein Stück nach vorn. Er verlor das Gleichgewicht.

Ich hörte ihn fluchen, als er mit Kathy in die Tiefe stürzte.

Ich wandte mich Shandon zu, zorn- und haßerfüllt. Ich griff nach meinem Strahler. Wie im Traum erinnerte ich mich, was damit geschehen war.

Dann erfaßte mich die Steinlawine und drückte mich zu Boden. Ein scharfer Schmerz peitschte durch mein Bein. Ich war wohl einen Moment lang ohne Bewußtsein. Als ich zu mir kam, stand Shandon ganz nahe, und die Insel hatte sich in eine Hölle verwandelt. Ich sah den blutenden Armstumpf, den Wahnsinn in seinen Augen, den aufgerissenen Mund; und ich hob die Linke und vollführte die Geste. Er rollte in den gleichen Abgrund wie meine Frau und mein bester Freund.

Dann erfaßte mich wieder die Dunkelheit.

8

Als ich erwachte, graute der Morgen. Immer noch fiel Regen. Mein rechtes Bein brannte ein Stück über dem Knie wie Feuer. Der Sturm war vorüber, und die Erdstöße hatten nachgelassen. Aber als ich den Kopf hob, erfaßte mich Entsetzen.

Ich lag auf einem breiten Felsenbett, etwa fünf Meter über dem Wasser. Der größte Teil der Insel war in den Fluten des Acheron versunken. Nichts erinnerte mehr an mein Werk.

Mit zusammengebissenen Zähnen entfernte ich Stein um Stein von meinem Körper.

Meine Gedanken wanderten, während ich die mühselige, monotone Arbeit verrichtete.

Waren es doch echte Götter gewesen? Und wenn schon! Was bedeutete es mir? Sie trieben ihre grausamen Spiele mit uns, mehr nicht. Mir konnten sie alle gestohlen bleiben. »Das gilt auch für dich, Shimbo!« rief ich. »Komm nie wieder zu mir!« Es gab keine Ordnung – oder wenn es eine gab, dann begriff ich ihre Regeln nicht. Ich wusch mir die Hände in einer Regenpfütze. Das Wasser kühlte meinen verbrannten Finger. Das Wasser war echt. Ebenso die Erde, die Luft und das Feuer. An sie glaubte ich. An die grundsätzlichen Dinge. An Dinge, die man fühlen und kaufen konnte. Wenn ich noch lange genug in der Bucht herumschwamm, gelang es mir vielleicht, ein Monopol für diese vier Elemente zu erhalten. Dann mochten alle anderen mit den Zähnen knirschen. Der Große Baum würde mir gehören. Ich rollte den letzten Stein zur Seite und streckte mich. Ich war frei.

Wenn ich nun noch eine Zapfstelle fand, konnte ich mich bis zum Spätnachmittag ausruhen. Die *T* würde mich abholen und nach Freiland bringen. Irgendwo links von mir spürte ich die Energie. Ich versuchte mich aufzurichten. Das Bein pochte wie verrückt. So schnitt ich das Hosenbein auf und untersuchte den Bruch. Der Muskel war unverletzt geblieben. So legte ich einen Stützverband an und kroch langsam, auf allen vieren, los.

Ich kam ganz gut voran, solange der Boden eben war. Aber als ich mich einen drei Meter hohen Schräghang hinaufziehen mußte, war ich so erledigt, daß ich nicht einmal fluchte.

Shandon kam mir in den Sinn, und ich schüttelte den Kopf. Er war der geborene Zweite. Sein ganzes Leben zeugte davon. Einen Moment lang empfand ich Mitleid mit ihm. Diesmal hätte er den Sieg beinahe geschafft. Aber er hatte im falschen Moment auf das falsche Spiel gesetzt, wie mein Bruder.

Ich quälte mich weiter. Die Zapfstelle war nur ein paar hundert Meter entfernt, aber ich machte einen Umweg über flaches Gelände. Als ich einmal rastete, glaubte ich ein leises Schluchzen zu hören, doch es verstummte gleich wieder.

Dann hörte ich es deutlicher. Ich machte eine Pause, bis ich es erneut vernahm. Ich ging dem Laut nach.

Zehn Minuten, und ich lag vor einem Felsbrocken, der, umgeben von Schutt und Geröll, einen Höhleneingang versperrte.

»Hallo!« rief ich. »Wer ist da?«

Schweigen.

»Hallo!«

Dann: »Frank?«

Es war die Stimme von Lady Karle.

»Du?« fragte ich. »Letzte Nacht hast du mich mit den besten Wünschen in den Tod geschickt. Heute scheint es dir selbst ziemlich dreckig zu gehen.«

»Ich bin eingeschlossen, Frank. Vor der Höhle liegt ein Stein. Ich kann ihn nicht wegschieben.«

»Und was für ein Stein, Liebes! Ein wahrer Koloß.«

»Hilfst du mir heraus?«

»Wie bist du denn in die Falle geraten?«

»Ich versteckte mich hier, als die Aufregung losging. Ich habe schon versucht, einen Gang zu graben, aber es ist zu schwer. Meine Nägel brechen ab, und meine Finger bluten – ich stoße überall auf Stein ...«

»Kein Wunder.«

»Was ist passiert?«

»Alle außer mir und dir sind tot. Du hast einen prächtigen Kampf versäumt. Von der Insel ist nur ein winziges Stück übriggeblieben.«

»Kannst du mich befreien?«

»Ich bin froh, wenn ich mich selbst befreien kann.«

»Wieso? Steckst du auch in einer Höhle?«

»Nein.«

»Was meinst du dann?«

»Daß ich genug von diesem Abenteuer habe und zurück nach Freiland möchte.«

»Es ist also Hilfe unterwegs?«

»Für mich. Die *T* ist so programmiert, daß sie heute nachmittag hier irgendwo landet.«

»Die Ausrüstung an Bord ... könnte man den Felsen nicht sprengen?«

»Lady Karle, ich habe ein gebrochenes Bein, eine gelähmte Hand und so viele Quetschungen und Schürfwunden, daß ich sie kaum zählen kann. Ich glaube, daß es mich Mühe kosten wird, das Schiff überhaupt zu starten. Gestern abend habe ich dir meine Freundschaft angeboten. Erinnerst du dich noch an deine Antwort?«

»Ja . . .«

»Dann brauche ich nichts mehr zu sagen.«

Langsam kroch ich weiter.

»Frank!«

Ich gab keine Antwort.

»Frank! Bitte, geh nicht weg!«

»Warum nicht?« rief ich.

»Gestern abend hast du gesagt, daß du mich immer gern haben würdest . . .«

»Ja, und ich weiß auch, was du darauf erwidert hast. Außerdem war ich gestern abend ein anderer Mensch als heute. Wenn ich die Kraft dazu hätte, würde ich deinen Namen und das Datum in den Stein kratzen.«

»Frank!«

Ich drehte mich nicht mehr um.

— Dein Charakter erstaunt mich immer wieder, Frank.

— Du hast es also auch geschafft, Green. Ich nehme an, du steckst in einer ähnlichen Höhle wie Lady Karle und möchtest freigebuddelt werden.

— Nein. Ich bin nicht weit von dir entfernt. Wenn du den Abstecher nicht gemacht hättest, wärst du längst auf mich gestoßen. Ich liege dicht neben der Zapfstelle, auch wenn sie mir jetzt nichts nützt.

— Weshalb?

— Die Zeit ist nahe. Ich gehe ins Land des Todes, und dort brauche ich die Macht nicht mehr. Ich wurde letzte Nacht schwer verwundet.

— Was willst du dann von mir? Ich habe selbst Probleme.

— Die Abschiedszeremonie. Ich weiß, daß du sie kennst — du hast Dra Marling auf seinem letzten Weg begleitet. Und du besitzt Glitten-Wurzeln . . .

— Ich glaube nicht mehr an diese Dinge. Ich habe es nie getan. Marling wollte ich den Wunsch nicht abschlagen, weil —

Du bist Hoherpriester. Du trägst den Namen Shimbos. Du darfst mich nicht im Stich lassen.

— Ich habe auf den Namen verzichtet.

— Du hast einmal gesagt, daß du auf Megapei für mich sprechen wolltest, wenn ich dich unterstütze. Ich habe dich unterstützt.

— Ich weiß, aber jetzt, da du stirbst, ist es zu spät dazu.

— Dann erfülle mir den anderen Wunsch.
— Ich komme zu dir und werde versuchen, dir Beistand zu leisten und dich zu trösten. Aber verlange die Zeremonie nicht von mir. Seit gestern habe ich mit diesem Kapitel abgeschlossen.
— Dann komm zu mir!

Ich tat es. Als ich ihn erreichte, hatte es eben zu regnen aufgehört. Er lehnte mit dem Rücken gegen einen Felsblock. An vier Stellen sah ich die blanken Knochen durch die Haut stoßen.

»Die Zähigkeit eines Pei'an ist mir unbegreiflich«, sagte ich. »Das hast du dir bei dem Sturz zugezogen?«

Er nickte. *— Das Sprechen schmerzt, deshalb schicke ich meine Gedanken aus. Ich wußte, daß du am Leben warst, deshalb harrte ich aus.*

Ich streifte mühsam meinen zerfetzten Rucksack ab. Dann öffnete ich ihn.

»Hier, nimm das an! Es ist gegen die Schmerzen. Ich weiß, daß es bei deinem Volk wirkt.«

Er schob es beiseite.
— Ich will in dieser Stunde meinen Geist nicht trüben.

»Green, ich komme nicht mit dir. Wenn du willst, gebe ich dir die *Glitten*-Wurzeln, aber ich begleite dich nicht.«
— Auch nicht, wenn ich dir etwas geben kann, an dem dein Herz hängt?

»Was?«
— Das Leben deiner Freunde — und sie werden sich nicht an die Dinge erinnern, die hier geschehen sind.

»Die Bänder!«
— Ja.

»Wo sind sie?«
— Einen Gefallen für den anderen, Dra *Sandow!*

»Gib sie mir!«
— Das Ritual . . .

. . . Eine neue Kathy, eine Kathy, die niemals Mike Shandon begegnet war, meine Kathy — und Nick, der tapfere kleine Kämpfer.

»Du bist ein hartgesottener Bursche, Green.«
— Ich habe keine andere Wahl — und bitte, beeil dich!

»Also schön, dieses eine Mal noch. Wo sind die Bänder?«
— Das sage ich dir, wenn das Ritual begonnen hat.

Ich lachte leise.

»Du traust mir nicht? Ich nehme es dir nicht übel.«

— Du hattest eine Sperre errichtet. Wahrscheinlich wolltest du mich betrügen.

»Wahrscheinlich. Ich weiß es selbst nicht.«

Ich wickelte die *Glitten*-Wurzeln aus, brach die richtige Menge ab.

»Nun wandern wir gemeinsam«, begann ich, »und nur einer von uns wird an diesen Ort zurückkehren . . .«

Wir erreichten einen Ort der Dämmerung. Es war windstill, und kein Stern stand am Himmel. Ich sah sattgrünes Gras, Berge und am Horizont ein Nordlicht. Fast schien es, als seien die Sterne heruntergestürzt und auf den Berggipfeln zerschellt, wo sie nun als feine Splitter lagen.

Wir schlenderten mühelos durch den *Glitten*-Traum. Oder war es kein Traum? Alles wirkte echt — alles, bis auf die zerschundenen Körper, die irgendwo in der Nässe einer Felseninsel lagen. Sie schienen eine Illusion zu sein. Ein Gefühl der Freundschaft breitete sich zwischen Green und mir aus.

Wir sangen ein altes Pei'an-Lied, dann sagte Green: »Ich schenke dir meine *Pai'badra*. Ich will sie nicht mehr.«

»Das ist gut, *Dra* tharl.«

»Und da war noch etwas. Die Bänder. Sie liegen neben der leeren grünen Hülle, die so lange mein Körper war.«

»Ich verstehe.«

»Sie sind nutzlos. Ich holte sie durch meine besondere Kraft aus der Höhle, in der sie verborgen waren. Die Kräfte, die auf der Insel tobten, beschädigten das Zellgewebe. So halte ich mein Wort und betrüge dich doch. Du hast mir keine andere Wahl gelassen. Allein konnte ich nicht hierher gelangen.«

Es machte mir nichts aus.

»Du hast getan, was du tun mußtest«, hörte ich mich sagen. »Vielleicht ist es besser, wenn ich sie nicht zurückrufe. Zuviel hat sich verändert. Vielleicht wären sie einsam und unglücklich — wie ich damals. Ich weiß es nicht. Die Sache ist vorbei.«

»Ruth Laris — sie liegt in der Nervenklinik von Cobacho auf Driscoll. Man kennt sie dort unter dem Namen Rita Lawrence. Ihr Gesicht ist verändert, ebenso ihr Geist. Bring sie zu Spezialärzten!«

»Weshalb ist sie da?«

»Es war einfacher, als sie nach Illyria zu befördern.«

»All das Leid, das du verursacht hast, war dir gleichgültig?«

»Vielleicht hatte ich zu lange mit dem Stoff des Lebens gearbeitet.«

»Ich glaube, Belion lenkte dich.«

»Das wollte ich nicht sagen, weil es nach einer Ausrede klingen könnte — aber ich teile deine Meinung. Nachdem er mich verlassen hatte, verstand ich mich selbst nicht mehr.«

So gingen wir den Pfad des Todes. So angenehm er schien, es war ein *Glitten*-Erlebnis. Die *Glitten*-Wurzeln enthalten Stoffe, die Euphorie hervorrufen und die Sinne schärfen. Deshalb sind sie besonders bei Telepathen beliebt. Wenn zwei Personen sie gleichzeitig nehmen, so erleben sie einen gemeinsamen Traum. Es ist immer ein angenehmer Traum — und bei den Anhängern der Strantri-Religion ist es immer der gleiche Traum.

... Zwei träumen ihn, und nur einer erwacht.

Telepathische Euthanasie!

Es macht mir nichts aus, einem anderen die Qualen des Hinüberscheidens zu erleichtern — wenn er es selbst wünscht. Aber ich bin nicht für die Art von Tod geschaffen. Ich brauche den Schmerz, ich würde mich bis zur letzten Sekunde wehren. Es gibt ein Buch von einem Mann, den ich sehr schätze: *Fruits de Terre* von André Gide. Auf dem Krankenlager wußte er, daß er nur noch wenige Tage zu leben hatte, und er schrieb und schrieb wie ein Besessener. Nach drei Tagen hatte er das Werk vollendet. Dann starb er. Genauso möchte ich gehen. Ich hänge am elenden Leben und möchte es bis zur Neige auskosten, verdammt!

Wir erklommen einen Berg und blieben am Gipfel stehen. Noch bevor wir ihn erreichten, wußte ich, was mich erwartete.

... Ein breiter Einschnitt zwischen zwei mächtigen grauen Felswänden, der immer dunkler wurde, je tiefer man hineinschaute. Das Tal der Schatten.

Meine Blicke sogen sich an der Schwärze fest.

»Hundert Schritte gehe ich noch mit dir«, sagte ich.

»Danke, *Dra.*«

Und wir gingen den Hang hinunter, dem Tal entgegen.

»Was wird man auf Megapei sagen, wenn man hört, daß ich gegangen bin?«

»Ich weiß es nicht.«

»Erzähle ihnen, wenn sie dich fragen, daß ich meine Fehler bereut habe, bevor ich hierherkam.«

»Gut.«

»Und ...«

»Auch das«, unterbrach ich ihn. »Ich werde sie bitten, deine Gebeine in die Berge zu bringen, damit sie nahe der Heimat ruhen.«

Er senkte den Kopf.

»Das ist alles. Siehst du mir nach?«

»Ja.«

»Man sagt, daß am Ende ein Licht auftaucht.«

»Das sagt man.«

»Ich muß es jetzt suchen.«

»Einen angenehmen Weg, *Dra* Gringrin-tharl.«

»Du hast deine Kämpfe gewonnen und wirst von hier scheiden. Baue die Welten, von denen ich immer geträumt habe!«

»Vielleicht.« Und ich starrte in das Dunkel.

Aber plötzlich war etwas da.

New Indiana hing in der Leere. Es schien eine Million Meilen entfernt, und doch erkannte ich die Umrisse ganz genau. Der Planet wanderte weiter, doch dann kamen sie alle, einer nach dem anderen: Cocytus, St. Martin, Buningrad, Dismal, M-2, Honkeytonk, Mercy, Summit, Tangia, Illyria, Freiland, Castor, Pollux, Centralia, Dandy und so fort.

Meine Augen füllten sich mit Tränen. Jede Welt, die ich entworfen und geformt hatte. Es war mir entfallen, welchen Glanz sie verbreiteten.

Das war meine Antwort. Ich hatte die Dunkelheit mit meinen Welten geschmückt. Wenn ich einmal das Tal der Schatten erreichte, blieben sie zurück. Was die Bucht auch in die Tiefe gezogen hatte, es war durch neue Dinge ersetzt worden.

»Ich sehe das Licht!« sagte Green und umklammerte mein Handgelenk.

Ich legte ihm meine Rechte auf die Schulter. »Möge Kirwar, der Vater der Blumen, dich aufnehmen!«

Seine Antwort hörte ich nicht mehr, denn er betrat das Tal.

Dann die Rückkehr ...

Ein dumpfes Dröhnen.

Ich schwebte an einer rauhen Decke. Nein, das stimmte nicht. Ich lag mit dem Gesicht nach unten auf dem harten Boden. Nässe hüllte mich ein. Der Himmel war schiefergrau und tropfte wie ein alter Spüllumpen.

Langsam, unsicher, setzte ich mich auf. Dann fiel mein Blick auf die schlaffe, grüne Gestalt neben mir. Ich sprach die letzten Worte, vollendete das Ritual, und meine Stimme zitterte dabei.

Dann deckte ich die Schutzhaut über Green Green. Ich nahm die Bänder und die Gewebekulturen, die er mit seinem Körper geschützt hatte. Es stimmte. Sie waren beschädigt. Ich legte sie vorsichtig in meinen Rucksack. Der terranische Nachrichtendienst würde sich sicher erfreut über den Fund zeigen. Dann robbte ich weiter zur Zapfstelle und wartete da, umgeben von einem Energieschirm, der die *T* anziehen sollte.

Die *T* kam in Sicht, schwebte wie eine kleine Welt über mir. Dann landete sie, und die Schleuse öffnete sich einen Spalt. Ich kroch auf allen vieren hinein. Mein Bein brannte wie Feuer.

Die Schleuse wollte sich schließen, aber ich arretierte sie, nahm den Laser und quälte mich noch einmal ins Freie.

Ich zielte sorgfältig. Der Felsblock zerbröckelte.

»Frank? Bist du das?«

»Nein, mein Geist.«

Lady Karle stürzte ins Freie, schmutzverkrustet, mit angsterfüllten Blicken.

»Du bist zurückgekommen!«

»Ich war nie fort.«

»Und du bist verletzt.«

»Das sagte ich doch.«

Sie küßte mich und stützte mich auf dem Rückweg zur *T*.

»Wohin fliegen wir?«

»Erst einmal nach Freiland. Du kannst bei mir bleiben oder auch fortgehen, wie du willst.«

»Ich hätten wissen müssen, daß du mich nicht im Stich läßt, aber als du dann fortgingst ... Himmel! Wie sieht es denn hier aus? Was ist geschehen?«

»Die Toteninsel sinkt in den Acheron.«

Ich sah das Blut an ihren Fingern, den Schmutz, das wirre Haar.

»Meine Worte waren nicht so ernst gemeint.«

»Ich weiß.«

Ich sah mich um. Irgendwann würde ich Illyria wieder herrichten.

Sie fröstelte. »Ein scheußlicher Tag!«

»Weiter oben scheint die Sonne. Wir schaffen es, wenn du mir hilfst!«

»Dann stütz dich auf mich!«

Ich tat es.